10|18

12, avenue d'Italie — Paris XIIIe

Du même auteur
aux Éditions 10/18

LES MERS DU SUD, n° 1907
LA SOLITUDE DU MANAGER, n° 1908
LA ROSE D'ALEXANDRIE, n° 2134
LES OISEAUX DE BANGKOK, n° 2163
MEURTRE AU COMITÉ CENTRAL, n° 2197
LES THERMES, n° 2198
TATOUAGE, n° 2243
HORS JEU, n° 2281
HISTOIRES DE POLITIQUE FICTION, n° 2298
LE LABYRINTHE GREC, n° 2551
HISTOIRES DE FAMILLE, n° 2646
J'AI TUÉ KENNEDY, n° 2692
SABOTAGE OLYMPIQUE, n° 3086

HISTOIRES DE FANTÔMES

PAR

MANUEL VÁZQUEZ MONTALBÁN

Traduit de l'espagnol
par Denise LAROUTIS

10|18

« Grands Détectives »
dirigé par Jean-Claude Zylberstein

CHRISTIAN BOURGOIS ÉDITEUR

Titre original :
Historias de fantasmas

ISBN 2-264-02976-5

HISTOIRES DE FANTÔMES

Un matérialiste n'a pas le droit, intellectuellement parlant, d'admettre l'existence des fantômes. Conséquence de quoi, et en dépit du caractère ambigu des histoires qui suivent, je déclare solennellement que je ne crois pas à l'existence des fantômes au sens étroit du mot. Quant aux « fantômes » qui naissent de la « fantaisie » ou du « fantasme », ils existent bien, ceux-là.

Mais si l'on reconnaît au vertueux le plus accompli une secrète dévotion rentrée pour le vice, il peut y avoir chez le matérialiste le plus récalcitrant une affection non moins secrète et rentrée pour le surnaturel, pour le surmatériel. Dans les trois histoires du présent volume, je me suis laissé emporter parfois par ce goût secret, pour lequel je demande pardon aux scientifiques de toute sorte, sociaux ou naturels, surtout pour la fin ambiguë de *L'Inconnue sans papiers*, fait divers donné ici sous forme de nouvelle qui apparaissait déjà dans un roman de respiration plus large du cycle Carvalho. Le thème de l'auto-stoppeuse fantôme qui disparaît une fois qu'elle a contribué à sauver la vie du conducteur appartient à la tradition du conte oral et s'est renouvelé et adapté aux révolutions technologiques. Il en est encore à l'automobile. Mais tout romancier post-moderne est en droit d'utiliser l'argument dans le cadre d'une guerre des galaxies, par exemple.

Dans *Le Bateau fantôme*, le vieux motif du navire naufragé devenant une présence fantomatique et initiatique s'insère dans un sujet actuel et spécialement pressant pour la société espagnole aujourd'hui : la lutte pour le droit à la pêche, un droit, semble-t-il, fort difficile à garantir dans une Espagne en passe de normaliser son statut dans le jeu des relations internationales.

Pablo et Virginia est une fausse histoire de fantômes où les personnages ont l'air de ce qu'ils ne sont pas. Le titre est un hommage rendu au roman de Bernardin de Saint-Pierre, clé de voûte du roman romantique, même s'il a peu à voir avec son esthétique. C'est une nouvelle de faux déclassés et de contrebandiers, de gardes civils et de chèvres, dans un paysage méditerranéen plus ou moins situé à Jávea, sur la côte du Levant.

Peut-être le lecteur trouvera-t-il quelques points de contact entre le déroulement de certaines de ces histoires et une regrettable série télévisée attribuée au personnage Carvalho, et qui fut une des tentatives les plus malveillantes d'assassinat littéraire tentées au cours de ces derniers mille ans. Je supplie le lecteur de passer de la comparaison à la déduction, de ne pas se fier aux imitations et, pour ce qui est de Carvalho, d'exiger toujours l'étiquette de garantie.

Manuel Vázquez Montalbán.

L'INCONNUE SANS PAPIERS

Bien peu d'années ont suffi pour que la physionomie du rituel électoral prenne sa place parmi les images mises en mémoire par les Espagnols. A peine entend-on au loin une cantilène de haut-parleur, voit-on une banderole de calicot ou de papier livrée aux caprices du vent que tout un chacun se retrouve en situation d'élection et sent son âme partagée selon le schéma démocratique classique : se préparer à dire non à la marchandise, quelle que soit la marchandise, tout en sachant, au fond, qu'il faudra bien dire oui à l'une ou à l'autre. Au tout début, à l'époque où la dictature était devenue blette, les préparatifs d'élections étaient accueillis à la façon d'une fête exotique, à la façon dont les habitants des villes européennes des Temps modernes accueillaient les premiers échantillons d'humains et de choses qui leur arrivaient du Nouveau Monde. La démocratie, c'était comme l'arrivée du Grand Cirque de Moscou avec sa femme à barbe, son funambule, son cracheur de feu, son amazone ailée sur un cheval blanc, ses trapézistes, son ours polaire, son tigre du Bengale, ses clowns ; mais le temps passant, presque tous les gestes et les surprises perdirent de leur fraîcheur et s'en furent rejoindre des rituels acquis. Voilà pourquoi les habitants de Torretes del Vallés ne s'étaient pas sentis mobilisés à l'excès par les appels des haut-parleurs motorisés qui, toute la journée, avaient sillonné les rues pour annoncer le meeting du soir, organisé par Martí Capdevila, membre du Comité régional du P.S.U.C. (Parti socialiste unifié de Catalogne), et pourquoi ces mêmes habitants soutenaient maintenant sans entrain les efforts que déployait l'orateur pour les convaincre que le capitalisme crèverait en tuant, en tuant de faim à défaut d'autre chose, et que la fin de l'État-providence signifiait le commencement d'une crise de longue durée, mais irréversible, dans laquelle la classe ouvrière et l'ensemble des couches populaires ne pourraient faire leur choix qu'entre deux rôles : soit le rôle de la victime, soit le rôle du héros. Au-dessus de la tête de l'orateur qui se détache en pleine lumière, claquent des pancartes en catalan et en castillan, même si l'évaluation préalable de la composition sociale du public a fait pencher la balance vers un plus grand nombre de pancartes écrites en castillan. *Travailleur, vote pour un syndicat de classe*, ou bien CONTRE L'ABSENTÉISME PATRONAL, ou bien *Contre le chômage*. Et, se découpant sur les pancartes, la silhouette du jeune orateur, dans la voix l'énergie des idées et la persuasion dans le geste.

– ... et cette politique est criminelle parce que c'est une politique qui condamne les travailleurs à la faim et à des conditions de vie insupportables. Le système dans lequel nous vivons est un système qui a besoin d'investissements pour survivre, pour que nous survivions tous. Si les investissements n'arrivent pas, nous ne nous résignerons pas à la mort comme une tribu d'Indiens...

– Les Cheyennes ! cria une voix dans le public.

Rires, pause bienveillante de l'orateur.

– ... Les Cheyennes, les Sioux, à chacun ses goûts... mais au cinéma, ou à la télévision, pas dans la vie de tous les jours. Je le répète, si même le pouvoir ne respecte pas le système capitaliste, il faut que nous changions ce système...

Applaudissements et cris d'adhésion d'un public réduit, aussi réduit que la localité, réduction qui apparaît dans toute son évidence à mesure que les orateurs descendent de l'estrade, se serrent la main, répondent aux questions. L'homme qui a parlé cherche quelqu'un en particulier et parvient à repérer une jeune femme à laquelle il adresse un clin d'œil de complicité. Les groupes se défont peu à peu et l'orateur, accompagné de la jeune femme, rejoint sa voiture. Il fait nuit, l'homme paraît décontracté, comme libéré d'une tension passée, et c'est joyeux qu'il prend la route.

– On dîne en route ou on attend d'être à la maison ?

– A cette heure-ci, il vaut mieux attendre. D'être à la maison, ou n'importe où, mais à Barcelone.

La voiture avance dans la nuit et tout à coup, loin, apparaît la silhouette d'une auto-stoppeuse, qui, plus la voiture s'en rapproche, devient plus précise.

– Je la prends ?

– Si tu veux.

– Et si on se fait attaquer ?

– Je n'aurais pas cru qu'un type comme toi marcherait dans l'intox que fait la droite sur l'insécurité dans les villes !

– Ce sera toi la responsable.

L'homme freine et se retourne à peine quand la fille monte dans la voiture et dit merci. Confusément, il a vu qu'elle est blonde, jeune, il essaie d'apercevoir ses traits dans le rétroviseur, mais elle reste dans la pénombre d'un rencognement de voiture.

– Vous allez à Barcelone?

– Oui.

– Moi aussi. Ça ne vous dérange pas de m'emmener?

– Pas du tout.

Rapides, les arbres défilent, comme s'ils voulaient échapper à la lumière qui les traque. Soudain, la fille dit :

– Attention, je vous en prie, freinez! C'est le virage de la mort.

L'homme fronce les sourcils mais, en effet, il lui faut freiner et prendre avec grande précaution un tournant dangereux où les roues glissent. Une fois le tournant passé, il dit :

– Vous aviez raison. Quel virage! Heureusement que vous m'avez prévenu. Merci!

Il tourne la tête en souriant – et sur ses traits se lit toute la perplexité du monde. Il n'y a personne sur la banquette arrière.

– Neus, dit-il d'une voix grave.

– Quoi? répond distraitement sa compagne.

– La fille est tombée.

– Quelle fille?

– Celle qu'on a prise en stop.

Il freine et arrête la voiture. Neus s'est retournée et regarde avec surprise la banquette vide derrière elle. La voiture fait marche arrière jusqu'au virage. Ils descendent. Ils cherchent dans les fourrés éclairés par les phares. Rien. Personne. Ils se regardent l'un l'autre, pris de panique, comme hallucinés.

Deux verres de cognac chaud ont été nécessaires avant que le couple ose parler de ce qu'il a vu et de ce qu'il n'a pas vu.

– Mais, bon sang, je n'ai pas eu des visions!

– On aurait été deux à avoir des visions.

– Nous ne sommes pas fous, ni toi ni moi, hein?

– Non.

– Il ne nous reste plus qu'à prévenir la Garde civile.

Et en avant jusqu'au poste de la Garde civile, mais voilà qu'ils s'arrêtent et restent là un court moment, avec le moteur de la voiture qui tourne et leurs pensées au point mort.

– Ça me fait tout drôle de rentrer là-dedans. Je me souviens encore des raclées qu'ils m'ont flanquées.

– Maintenant, ils sont au service de l'ordre constitutionnel.

– Loup a beau tremper sa patte dans la farine...

Ils puisent dans leur vieux fonds de courage et de valeurs démocratiques et, ainsi lestés, foulent d'un pas prudent mais ferme les pavés qui ménagent une voie d'entrée entre deux guérites, au-dessus de laquelle trône toujours la devise: « Tout pour la Patrie. » Les difficultés commencent quand il leur faut expliquer à l'un des deux gardes en faction à la porte le motif pour lequel ils veulent voir le sergent.

– Que je vous explique, il s'agit d'une disparition. De la disparition d'une personne qui était dans notre voiture... Non, pas quelqu'un de notre famille, ni un ami. Une fille qui faisait du stop.

– Tant de bruit pour une auto-stoppeuse? Ces gens-là montent et filent sans laisser d'adresse.

– Mais celle-là, elle a disparu sans sortir de la voiture.

– Sans sortir de la voiture.

Le garde met du temps à digérer ce que veut dire ce qu'il vient de dire, finit par comprendre et les regarde à deux fois, pour le cas où il se trouverait en face d'une paire de plaisantins ou de pauvres caves, de ceux qui sont toujours entre deux verres et deux piquouzes. Mais à première vue, ils ne rentrent ni dans la première catégorie ni dans la seconde et il finit par s'incliner devant des raisons supérieures, et par leur indiquer le chemin qui conduit au bureau du sergent. Conscient maintenant de la difficulté qu'il y a à rendre vraisemblable son récit, Martí Capdevila adopte, en présence du gradé, une autre formule pour aborder le sujet.

– Je m'appelle Martí Capdevila et je suis venu porter plainte.

– Le meeting, c'est vous?

– Oui.

– Je vous ai entendu et je vous ai vu. Enfin. Qu'est-ce qu'il y a pour votre service?

Le sergent de la Garde civile jette un regard en coin à l'horloge qui est accrochée sur le mur à côté du portrait de Juan Carlos.

– Ecoutez, c'est une histoire incroyable. Heureusement que je n'étais pas seul, j'étais accompagné par ma compa... enfin ma femme. J'arrivais au virage, le mauvais...

– Le virage.

Il y a de la résignation dans la voix du sergent.

– Oui, le virage.

– Le virage de la mort. Et une fille faisait du stop.

– En effet.

– Une blonde.

– Il me semble.

– Une blonde, ratifie Neus, assise derrière son compagnon.

– Et vous avez fait ce qu'elle vous disait. Vous avez freiné. Et quand vous vous êtes retourné pour lui dire merci, elle avait disparu.

– Exactement comme vous le racontez. Qu'est-ce que c'est? Une blague locale? Une attraction de fête votive?

Le sergent prend un air grave. Il sort d'un tiroir un tas de chemises et le leur montre.

– Tout ce que vous voyez ici est plein d'histoires comme la vôtre. Six. La même fille. Le même topo. Le pompon, c'est que cette fille-là, personne ne peut l'avoir vue. C'est impossible.

– Pourquoi?

– Parce qu'elle est morte. Elle est morte dans un accident de voiture, juste après son mariage, là-bas justement, dans le virage de la mort. A l'heure qu'il est, elle nourrit les pissenlits par la racine, un plein champ. Mais il ne se passe pas de mois sans que quelqu'un la prenne en stop, rapplique ici et bla-bla-bla, toujours la même histoire.

– Mais qu'est-ce qu'on a trouvé comme explication valable?

– Suggestion. Tout ça, c'est de la suggestion. On a dû vous raconter cette histoire et aujourd'hui, vous avez eu des visions. Un jour comme il a fait aujourd'hui, un peu brumeux, humide, un jour de fantômes et de sorciers, comme on dit chez moi. Vous voyez, je viendrais du sud, si ça se trouve, je ne comprendrais pas, mais je suis galicien, moi, et nous, les Galiciens, nous en connaissons un rayon sur les sorcières, c'est moi qui vous le dis. Alors, tapez-vous un bon petit verre ou deux, mettez-vous au lit et demain il fera jour.

– Mais je n'étais pas seul, j'étais avec Neus, ma comp... mon épouse, et elle a vu la même chose que moi.

– Il faut croire que vous êtes bien assortis.

– Ecoutez, sergent, moi j'ai les yeux en face des trous et je ne crois pas aux fantômes.

– Personne ne croit aux fantômes, madame, mais il y a tellement de gens qui s'en inventent! J'enregistre votre plainte et je la transmets à mes supérieurs, ils seront contents d'apprendre que j'ai un travail aussi intéressant. Une petite demi-heure de machine à écrire et au suivant.

– Laissez tomber. C'est absurde. Moi-même, je serais incapable d'expliquer ce qui s'est passé.

– Vous voyez?

Le sergent écarte les mains, embrassant l'immensité de l'absurde, et se lève pour les accompagner jusqu'à la porte.

– Bien, le meeting, dur, mais calme, c'est comme ça qu'il faut faire pour que les gens n'aillent pas trop loin.

– Dommage que vous ne soyez pas aux Commissions ouvrières, je suis sûr que vous voteriez pour nous.

– La Garde civile n'a pas à être aux Commissions ouvrières, ni à l'U.G.T., ni à aucun organisme politique ou syndical. La Garde civile est à l'Espagne, à l'Es-pa-gne. A nous tous, vous voyez. En tout cas, bonne chance, et à partir de maintenant ne prenez plus d'auto-stoppeurs. Ça ne peut que vous rapporter des ennuis, et pas précisément avec des fantômes.

Biscuter sort une cocotte fumante de son coin-cuisine et va la poser sur le bureau de Carvalho.

– Farcis en cocotte, chef, à vous lécher les cinq doigts et le pouce.

– Farcis de quoi?

– Pommes de terre, tomates, poivrons et courgettes farcis de chair à saucisse parfumée de noix muscade. Qu'est-ce que vous en dites?

– Prometteur.

Carvalho renifle la cocotte, mais il lui faut lever le nez parce qu'on s'est introduit dans son bureau. Un barbu, le genre de gauche, à mi-chemin entre la deuxième et l'éternelle jeunesse, autrement dit au bord de la quarantaine.

– La porte était ouverte.

– Et elle l'est encore, alors si vous voulez bien la fermer, à moins que vous n'attendiez quelqu'un...

– Non, je suis seul, mais je vois que je dérange.

Il montre la cocotte.

– Non. Vous ne dérangez pas. Je vais manger ce que m'a préparé mon assistant, Biscuter, et vous aussi, si le cœur vous en dit.

– A cette heure-ci?

– Si vous étiez en Angleterre, à cette heure-ci, vous vous enverriez des œufs frits au bacon, leurs horribles céréales momifiées avec du lait, du jus de fruits, du thé au lait. Qu'est-ce qui vous empêche de manger des tomates farcies parfumées de noix muscade?

– En effet, vu sous cet angle...

– Exactement. C'est une question d'angle.

Ce discours enchante Biscuter qui suit avec attention les gestes de Carvalho se servant et goûtant son plat.

– Bon. Très bon. Sers-toi, je dois parler avec ce monsieur.

Biscuter se sert et s'en va. Carvalho détourne son

attention de son assiette pour inviter son visiteur à s'asseoir. Il mâche en savourant chaque bouchée et attend que l'homme prenne la parole. Il doit être gêné de parler pendant que Carvalho mange, mais il finit par se décider.

– Vous croyez aux apparitions?

– Ça dépend des Vierges.

– De quelles vierges voulez-vous parler?

– Des Vierges qui ont fait des apparitions. Je crois à celle de Lourdes, par exemple; mais je refuse de croire à celle de Fatima.

– Je ne parle pas de ces apparitions-là. Je parle des morts qui réapparaissent.

– Je ne prends pas d'affaires politiques.

– Mon frère est un homme politique, de gauche. Il a eu une apparition, d'un mort, d'une morte plutôt.

– Je vous préviens que mes conseils ne sont pas gratuits.

– Je suis au courant.

– Alors, continuez.

– Ça a commencé il y a trois semaines. Mon frère devait tenir un meeting pour les élections, sa compagne était avec lui, ils rentraient de nuit et voilà que sur la route...

Carvalho écoute le scénario, l'imagine, le rejette, ironise.

– D'après ce que vous venez de me raconter, je pense que c'était la Vierge de Fatima qui allait à Rome en stop.

– Toutes les plaisanteries que vous pouvez faire, je les ai déjà faites moi-même.

– Ces culs bénits, ils n'auront jamais fini de nous emmerder. Ils font dans le moderne, maintenant. Avant, ils volaient sur les ailes des anges, ou ils se carraient un turboréacteur, grâce à des procédés technologiques qui participaient du secret divin, et y participent toujours, d'ailleurs. Mais maintenant, ils veulent à toute force vivre dans le siècle et ils arpentent les routes en faisant de l'auto-stop.

L'homme acquiesce, souriant malgré tout.

– Vous avez bien rigolé ?

– Je pensais tout haut.

– Que vous le vouliez ou non, le problème est réel, or nous, nous croyons qu'il doit y avoir une explication rationnelle et c'est pourquoi nous faisons appel à vous.

– Sérieusement ?

– Sérieusement. Ça tourne vinaigre. Au début, ma belle-sœur a mieux tenu le choc, mais maintenant elle va encore plus mal que mon frère. J'ai peur, peur qu'elle ne devienne folle. Ils n'ont pas rêvé. Ils ont vu ce qu'ils racontent. Sinon, ils ne seraient pas aussi choqués. Et s'ils ont vu, c'est que ça s'est réellement passé.

– Mettez ça sur le compte des ovnis, croyez-moi. Un objet volant non identifié, et cessez de vous ronger les sangs. Vous allez gâcher votre argent.

– C'est notre affaire.

– Comme vous voudrez.

Rendez-vous pris, il recouvre son espace et son temps pour faire honneur au plat de Biscuter. Le fœtus revient de son exil culinaire.

– Tu as écouté ?

– Oui, chef.

– Alors ?

– Il y a de quoi se la prendre et se la mordre, chef, je vous jure.

Neus est comme hébétée, elle regarde ses mains ou essaye de concentrer son attention sur un point dans la pièce. Un appartement de jeune couple qui a remplacé par d'énormes coussins les meubles chers, et a mis sur les murs, plutôt que des tableaux ou des lithographies, des posters de solidarité avec le Nicaragua, l'O.L.P., les comités anti-Otan. Martí bourre sa pipe lentement, l'allume, affectant d'être indifférent à la présence de son frère et de Carvalho.

– J'ai déjà raconté tout ce que j'avais à raconter.

– Mais Martí, ce n'est pas possible que ce soit comme tu le dis. Fais un effort. Il y a eu un laps de temps entre la sortie du virage et la disparition de la fille. Tu as freiné, tu t'es arrêté et elle en a profité pour descendre de la voiture.

– Et les autres? Les autres qui l'ont vue? Et Neus? Elle est comme ça par plaisir? Neus, dis-leur que tu es mélancolique parce que ça te fait plaisir. Comment était la fille, Neus?

– Blonde, très jolie.

Neus revient de très loin et repart très loin.

– Vous voyez? Et Neus est autant dans la réalité que moi. Que vous.

– Moi, vous me mettez à part. Le mystère, ça me connaît et pour que j'y croie, il me faut au minimum celui de la Sainte Trinité, avant, je ne marche pas.

– Encore un qui fait partie du club des sceptiques. Et qu'est-ce que vous faites des autres, de tous ceux qui l'ont vue?

Carvalho sort un papier de la poche de sa veste.

– Ils sont tous là. Tous les sept. On ne peut pas dire qu'ils se ressemblent entre eux, mais ils prétendent tous avoir pris la femme fantôme en stop, et le reste à l'avenant. Je vais aller les voir. L'un après l'autre. Je vais leur faire raconter leur histoire. L'un après l'autre. Ce n'est pas la patience qui me manque, mon vieux, mais avant de bouger le petit doigt, j'aimerais vous dire deux choses. Il n'est pas impossible que je trouve une explication rationnelle, il n'est pas impossible aussi que je ne trouve rien, non que je croie aux fantômes, mais j'ai l'expérience des enquêtes et je sais que c'est quelquefois duraille de trouver une personne en chair et en os. Alors, un fantôme! Et après, je ne veux pas de réclamations.

– Il n'y aura pas de réclamations.

– Dans ce cas, laissez-moi seul avec elle.

Les deux hommes hésitent, mais finissent par se décider et sortent de la chambre. Carvalho respecte le repli sur soi de cette femme et son silence. Il se lève. Va vers la fenêtre d'où il aperçoit le décor nocturne d'une place récupérée par la démocratie sur une ville de parkings et de congrès. Et depuis la fenêtre, il l'appelle :

– Neus.

– Oui.

– A qui elle ressemblait, la fille qui faisait du stop?

– Elle était blonde, très jolie.

– Martí m'a dit que vous l'aviez à peine vue.

– Les hommes ne font pas tellement attention. Ils sont moins rapides que nous pour capter les détails.

Carvalho se retourne vers elle et lui tend une photo.

– C'était elle?

– Oui.

Une beauté maladive et triste, une blonde désenchantée, mais belle.

– Cette photo a été découpée dans un journal qui

parlait de l'accident dans lequel elle est morte. C'est la photo d'une morte.

– Oui.

– Et malgré tout vous persistez à dire que c'est la fille que vous avez prise en stop?

– Son allure était différente. Elle n'était pas exactement comme ça.

– Que voulez-vous dire?

– Elle avait l'air fatigué. Très fatigué.

Un restaurant au bord de la route. Des camions et des voitures, affairement derrière le comptoir, fourmillement, usine à bouffe, bon marché, avec une certaine dignité dans les odeurs.

– Un haricots aux saucisses, ça marche.

– Deux rôtis de porc, pommes sautées.

– Deux riz à la cubaine et deux lapins à l'aïoli.

Des camionneurs à moitié assoupis par la torpeur de la digestion, soutenus, dirait-on, par le farias qui languit entre leurs lèvres. Des voyageurs de commerce, à mi-chemin entre le tiré à quatre épingles du représentant en *vetes i fils* * et le négligé triste du placier en aliments pour bétail ou en vernis à bois. Carvalho s'approche d'une table de représentants.

– Jaime Vila?

– Depuis le jour où je suis né. Ma voiture vous gêne pour sortir?

– J'ai à vous parler.

Il emmène avec lui du pur Jaime Vila, cravate avec épingle de cravate, petite moustache, cheveux un peu longs, peut-être pour cacher des oreilles trop grandes ou pour ajouter une touche de modernité

* En catalan dans le texte : « rubans et fils ».

véritable à son image de mannequin du Corte Ingles *.

– Je voulais vous parler de l'apparition sur la route.

– Elle n'est pas encore enterrée, cette histoire?

– Je suis détective privé et, à cause de cette histoire, j'ai deux clients qui sont en train de devenir fous.

– Café arrosé, ça vous dit? Sans mon café arrosé, je ne suis plus bon à rien. Daniel, deux cafés arrosés, moi à l'anis de Chinchón, et vous?

– Au marc.

– Ah, dis donc, ça c'est un homme, j'aime ça. Pour moi, l'apparition, c'est de l'histoire ancienne.

Avec son doigt, il s'amuse à étaler une coulure de boisson restée sur le comptoir. On dirait qu'il dessine une route avec des virages, et, tout d'un coup, il émerge de sa concentration et regarde Carvalho en face.

– Je ne suis même plus sûr que c'est arrivé.

– Mais la Garde civile a encore la déposition que vous avez faite.

– Sur le moment, j'y croyais, c'est sûr. Mais après... Ecoutez, je suis un homme pratique. Je gagne ma vie en faisant des ventes, et avec ce pastis d'apparition, à chaque commande, je me mettais à me poser des questions sur le pourquoi et sur le comment. Et si j'avais tout inventé?

– Ils parlent de choc émotionnel sur votre fiche.

Il a un sourire un peu triste.

– Choc émotionnel, c'est vrai. On se croit blindé parce qu'on a fait l'armée. Vous avez fait votre service?

– Cinq ou six fois.

---

* Chaîne de grands magasins.

– Pourquoi cinq ou six fois? Ça ne suffisait pas avec une?

– Je suis tombé amoureux d'un sergent.

– Et moi d'une mule.

Il rit de sa sortie avec une hilarité qui fait tourner la tête aux clients les plus proches.

– Non, sérieusement. Je ne sais même plus moi-même si c'est arrivé ou non. Quand j'ai signé ma déclaration, je me serais fait couper la main plutôt que de dire le contraire. Mais le temps a passé depuis.

– Onze mois, d'après mes renseignements. Ce n'est pas très long.

– Onze mois. Autant dire toute une vie.

Les philosophes l'emmerdaient, les philosophes en général, et les philosophes de route en particulier, surtout, ce qui était moche, c'était que le représentant ne voulait plus être responsable de son rêve. Carvalho eut un claquement de langue plutôt désapprobateur.

– Ça risque de la foutre mal si vous commencez à jeter des pierres dans votre propre jardin. Je parierais que vous l'avez ramenée sur le moment, avec cette histoire, maintenant, si vous vous mettez à dire le contraire, les gens vont penser que vous êtes un baratineur.

– Les gens peuvent bien penser ce qu'ils veulent – son expression se fait grave et il serre le bras de Carvalho. J'ai failli devenir fou et personne ne m'a aidé. Je leur ai offert un spectacle gratuit, et tout ce que j'ai gagné c'est qu'ils se sont foutus de moi.

– Mais vous avez vu quelque chose que personne d'autre n'a vu. Vous êtes un cas à part.

– Je ne sais pas si je vous ai bien compris, mais j'ai l'impression que vous voulez me dire que ce qui m'est arrivé sort de la normale.

– C'est exact.

– Alors allez vous faire foutre. Je suis un type normal, moi. Je n'éprouve pas le besoin d'être roi d'Espagne ou astronaute, je me contente de dégotter des commandes et de gagner ma croûte. Ne comptez pas sur moi pour ressusciter des fantômes.

La vieille femme qui lui ouvre la porte est légèrement plus vieille que celle qui referme la porte derrière lui. Deux vieux anges gardiens qui l'accompagnent le long d'un couloir aux murs couverts de cadres miniatures, de cadres de fleurs séchées et de *Caprices* de Goya, menaçants dans la pénombre d'un long couloir garni d'un tapis. Ils débouchent dans un salon si rempli d'objets qu'y tient à peine une autre vieille femme plus jeune, enveloppée dans un châle, devant une de ces tables qui ont en dessous un brasero pour vous réchauffer les jambes en hiver. Le leader des trois vieilles hausse le menton, trois fois, énergiquement, et les deux vieilles ombres abandonnent Carvalho à son sort.

– Vos secrétaires?

– Mes deux belles-sœurs célibataires.

– Madame veuve Botanch?

– Veuve, vous l'avez dit, archiveuve. Si je n'avais pas été veuve, rien de ce qui m'est arrivé ne me serait arrivé.

Quelque chose dans l'aspect de doña Elvira Vilarana de Botanch tient Carvalho en haleine, en alerte. Il finit par trouver ce que c'est. La vieille femme porte une moumoute de travers, et au-dessus de sa tête pend un cadre également de travers. Carvalho se lève pour redresser le cadre confortable de ce salon confortable dans cet appartement confortable situé à l'étage du vieux magasin familial des Vilarana.

– A sa mort, mon père m'a laissé la *botiga* *, voyez-vous, mon mari était *moso* ** et il est resté aussi et nous nous sommes mariés. Le pauvre, il m'a quittée voici deux ans, la veille de la San José, *pobret* ***, lui qui s'appelait José, *pobret*. Un si brave garçon !

– Pourquoi dites-vous que si votre mari avait vécu, rien de ce qui est arrivé sur la route ne vous serait arrivé ?

– Parce que ces bonnes femmes-là, quand elles voient un homme comme il faut, elles évitent de faire leurs saletés.

– Leurs saletés.

– Bien sûr.

– Mais la fille est montée dans la voiture, elle vous a prévenue pour le virage, et quand vous allez pour lui dire merci, vous découvrez qu'elle n'est plus là. C'est ça, des saletés ?

– C'est très mal élevé de partir sans dire au revoir.

– Vous pensez que les esprits ne devraient pas filer à l'anglaise.

– Il ne devrait pas y avoir d'esprits du tout, comprenez-vous, jeune homme ? Surtout à pareille heure. Je ne sais pas pourquoi je me suis arrêtée. Parce que voilà. C'était une très jolie jeune fille, une jeune fille très bien, et je me suis dit : pauvre petite, elle a dû avoir un accident, ou alors elle est en panne d'essence, la route, la nuit, pour une femme seule,

---

* En catalan dans le texte : « boutique ».

** En catalan dans le texte : « commis ».

*** En catalan dans le texte : « le pauvre ».

c'est très dur. Voilà pourquoi je me suis arrêtée. Si j'avais su le coup qu'elle allait me faire, je ne me serais jamais arrêtée.

– Quel coup vous a-t-elle fait?

– Elle a disparu.

Carvalho se passe la main sur le visage, non par agacement, mais pour se retrouver lui-même, pour se convaincre que c'est bien lui qui est là, à écouter cette étrange mixture d'histoire de revenants et de manuel de bonne éducation.

– J'ai tout dit au garde civil et j'attends encore de ses nouvelles. Si mon Josep était de ce monde, ça ne se passerait pas comme ça. Il avait son caractère et il ne se laissait pas marcher sur les pieds. Je suis sûre que la fille aurait réfléchi avant de faire une grossièreté pareille. Et la Garde civile? Pour quoi payons-nous? J'ai dû insister lourdement pour qu'ils acceptent de prendre ma déclaration, j'avais rêvé, paraît-il, un morveux sans éducation a même insinué que j'avais bu. Que diriez-vous d'un petit verre d'anis?

– L'anis me donne des aigreurs d'estomac.

– C'est que vous avez dû boire un tord-boyaux quelconque. Vous allez goûter le mien, c'est un *machaquito*, un anis excellent, de Cordoue. Je passe ma vie à Cordoue, pour le flamenco. Je suis une bonne Catalane, mais j'adore le flamenco et les taureaux. Vous aimez les taureaux?

– Sur le gril, un steak bleu, avec une béarnaise. Ou en daube.

– Mais il faut d'abord les combattre et les tuer. Cet anis porte le nom d'un grand torero d'autrefois. Donnez-moi le livre qui est là-bas, sur l'étagère, et ôtez de dessus le sandwich à la mortadelle qu'y a laissé ma belle-sœur. Elles n'ont pas été élevées, elles sont nées dans le ruisseau. Un jour, je les mettrai dans un asile, rira bien qui rira le dernier.

C'est un livre sur la tauromachie, et la veuve Botanch, en l'ouvrant, cache tout le dessus de la table.

– Tenez. Voici un croquis d'une passe de Machaquito, elle ressemble beaucoup à la chicuelina, mais avec la main droite un peu plus haute. Vous voyez? Comme cela.

La veuve enlève son châle et se met debout. Elle prend son châle par les coins et se cambre du côté droit, pour arrondir sa passe, semble-t-il, mais suggérant en même temps un déjantage pour cause d'inclinaison de moumoute.

– Prenez donc la cape vous-même et vous verrez comment il faut faire.

Une des deux autres vieilles rentre dans la pièce mais ne reste pas. Elle la traverse, en route vers une destination obsessionnelle qu'elle est seule à connaître, mais elle laisse tomber, au passage, un commentaire critique.

– Une chicuelina, tu parles!

– Continue à me faire des remarques et je te flanque dans un asile, salope!

Lunettes noires, chevelure brune, luisante, le chauffeur de taxi de Montchicoi passe et repasse son peigne dans ses cheveux déjà peignés, les muscles blancs, une peau de phtisique brun, il discute avec Carvalho, appuyé du bout des fesses sur son capot, en plein sur la Plaza Mayor de Montchicoi.

– Je ne l'ai pas dit à la Garde civile, mais je l'ai attaquée.

– Que voulez-vous dire par « attaquée »?

– Je lui ai demandé si elle avait un mec, qu'est-ce qu'elle faisait sans mec, une belle fille comme elle.

– Elle vous a répondu?

– J'ai pas l'impression. Mais qui ne dit rien consent.

– Quelle explication vous donnez pour sa disparition?

– Je crois qu'elle a dû se servir d'une bombe et je suis resté amnésique. Elle m'a envoyé une giclée de produit qui m'a laissé groggy. Elle s'est taillée et quand je me suis réveillé, je n'ai plus rien compris au film.

– Pourquoi elle vous aurait envoyé une giclée de gaz?

Le chauffeur de taxi regarde ses ongles.

– Je suis un homme, non? Et elle, c'était une blonde super. Je me suis peut-être laissé aller, mais je ne me souviens plus de rien.

– Vous vous laissez toujours aller?

– Toutes les fois que je peux. Ce serait bête de faire autrement. Je conduis d'une main et je laisse pendre l'autre derrière le siège. Si elles mettent leurs jambes à côté, c'est qu'elles ne sont pas trop dérangées, et un virage par-ci, un autre virage par-là, la main se balade, sans le faire exprès. On se ramasse souvent des bides, mais on récupère aussi de bons coups.

– Cette nuit-là, ce n'était pas le bon coup.

– Allez savoir. Qui peut savoir ce qui est arrivé? Ecoutez. Vous êtes peut-être au courant. Il y en a qui disent qu'il y a des expéditions de Martiens qui viennent nous sucer ce que nous avons à l'intérieur du corps pour prendre notre aspect. Cette femme-là pourrait être une Martienne?

– Vous avez remarqué qu'il vous manquait quelque chose dans le corps?

– Rien. Tout est à sa place, et va par paire, les deux pareils, si jamais on cassait le moule...

– Cette nuit-là, vous avez laissé pendre votre main, comme les autres fois.

– Je crois que oui.

– Et vous avez touché de la chair humaine.

– Je veux.

– Vous l'affirmez ou vous croyez?

– Je vous ai déjà dit que je me souviens de presque rien, mais tout ce que j'ai gardé comme souvenir était très agréable ou alors ça m'a laissé une sensation agréable. J'ai sûrement dû me la farcir, je me connais, je n'aime pas faire les choses à moitié. Et en plus je les fais bien, alors là, très bien. J'ai bien dû me farcir trente-deux ou trente-trois clientes... Laissez-moi vérifier – il sort un minuscule agenda de la poche arrière de son pantalon. Trente-deux. Trente-trois avec elle, mais je ne peux pas le certifier et je n'ai pas l'habitude de m'attribuer des médailles en chocolat. Et je n'ai jamais forcé personne à passer à la casserole, n'allez pas imaginer que je suis le violeur des parkings. Je me suis pris une baffe ou deux dans ma vie, je ne peux pas dire le contraire, mais en général je leur fais du cousu main. Je travaille dans le cousu main. Pendant que je les chauffe et après. J'attends encore qu'il y en ait une qui vienne me faire une réclamation parce que je l'ai foutue en cloque.

– Où avez-vous appris votre prodigieuse technique?

– C'est de naissance. J'ai une bitte qui est un vrai violon magique, capable d'interpréter n'importe quelle partition. Si vous me voyiez en action, vous ne le remarqueriez même pas. Une personne située à un mètre du taxi ne se rend même pas compte que je suis dedans à en mettre un bon coup. C'est une grâce spéciale, un jeu de hanches, une délicatesse dans les doigts. J'aime bien la retirer de temps en temps pour voir la tête qu'elles font.

– Elles font quelle tête?

Le chauffeur de taxi rit et frappe du poing dans l'autre main.

– Celle du gosse à qui on a enlevé sa sucette.

– Non, n'allumez pas la lumière, s'il vous plaît.

A peine a-t-il pu voir le petit homme émacié, ses derniers cheveux aussi rares et pourris que les poils qui lui pendent au nez en guise de moustache. Ne le fatiguez pas trop, s'il vous plaît, lui a recommandé sa fille. Depuis ce qui lui est arrivé sur la route, il n'a plus fait surface, a renchéri sa femme. Et il est là, dans la pénombre. Avec une lèvre tremblante et en tête le soupçon que tous les maux lui viendront de l'obscurité; pas tous, presque tous. Les autres lui viendront de la lumière. Il fait bouger sa tête comme un aveugle, comme s'il cherchait à secouer le fond obscurci de son propre cerveau.

– Je suis venu pour que nous parlions de ce qui vous est arrivé sur la route.

– La petite fille, oui, la petite fille.

– Ce n'était pas une petite fille, c'était une jeune fille.

– C'était une petite fille, je l'ai écrasée et après j'ai dit que c'était une jeune fille parce que j'avais honte d'avoir écrasé une fillette. Mais ils ne l'ont pas retrouvée.

Il rit d'un rire de renard argenté malin.

– Savez-vous pourquoi ils ne l'ont pas retrouvée?

– Non.

– Parce que je me suis concentré, j'ai fermé les yeux et j'ai dit : Mon Dieu, elle est morte, faites qu'ils ne la retrouvent pas, pardonnez-moi et faites qu'ils ne la retrouvent pas. Et Dieu m'a exaucé parce qu'il est de Navarcles.

– Qui est de Navarcles?

– Dieu. Il est de Navarcles, comme moi. Nous sommes tous les deux du même village. En revanche, si j'avais été de Manresa, il ne m'aurait pas exaucé. Les gens de Manresa se prennent pour les maîtres du monde. Ils veulent devenir une province.

Le vieux s'est redressé, comme secoué par les avant-dernières forces qui lui restent.

– Tant que je représenterai quelque chose dans le Bages, il n'y aura pas de province à Manresa, et encore moins avec Manresa comme capitale. Il n'y a pas plus mauvais au monde que les gens de Manresa. Savez-vous que c'est leur faute si nous ne sommes pas français, à l'heure qu'il est? C'est à Manresa qu'ils ont machiné toute la conspiration pour que la Catalogne résiste contre Napoléon. S'ils n'avaient pas fait les malins, aujourd'hui la Catalogne serait libre, ou alors ce serait une région prospère de la France, et les Espagnols seraient un peuple à part, et nous, nous aurions besoin d'un passeport pour traverser l'Ebre et eux aussi pour venir ici.

– J'aimerais que nous parlions un peu de la fillette que vous avez renversée.

– Quelle fillette? Je n'ai jamais renversé personne. Cinquante ans de permis de conduire et je ne sais pas ce que c'est que d'avoir un accident.

– Je veux parler de la jeune fille qui est montée dans votre voiture et qui a disparu après.

– Elle était de là-bas, du Sud, c'était une *xarnega*. Elle parlait castillan.

– Elle s'est assise sur la banquette de derrière.

– Non. De devant. A côté de moi.

– Et elle a disparu.

– Oui.

– Vous savez comment?

– Une Gitane, c'était sûrement une Gitane. Moi, j'ai vu des Gitans faire des choses incroyables. Pendant la guerre, j'ai connu un Gitan qui avait un nombril comme un œuf. Quand il voulait, il le faisait rentrer, et quand il voulait le faire sortir, il lui suffisait de faire comme ça, comme s'il toussait, et son nombril ressortait.

– Pourquoi dites-vous que c'était une Gitane?

– Parce qu'il me semble qu'elle était pieds nus. Mais je ne veux pas en parler parce que les gens de Manresa se servent de cette histoire contre moi. Les gardes civils qui m'ont interrogé devaient être de Manresa et je les ai tout de suite percés à jour. Je me suis opposé dans la presse locale à la création d'une province manrésienne et ils ne peuvent pas me le pardonner. Mais je vous dis que tant que je pourrai... (Il se soulève, mû par ses dernières forces et crie :) Je n'accepterai jamais!

Carvalho le laisse dans sa pénombre perpétuelle et va retrouver sa femme et sa fille.

– Qu'est-ce que c'est que cette histoire de Dieu de Navarcles?

La femme éclate en sanglots.

– Mais ils finiront par me l'enfermer! Ils finiront par me l'enfermer! Et quand je pense que je n'arrête pas de lui dire de ne pas parler du Dieu de Navarcles.

– Arrête, maman, calme-toi. Ce monsieur ne dira rien à personne. Mon père croit que chaque village ou chaque ville a son dieu, et lui ne croit qu'au Dieu de Navarcles.

– Et il y croit depuis avant l'accident?

– Avant l'accident, il en riait lui-même, il a toujours eu de drôles d'idées, toujours contre les curés.

– Mais il ne ferait pas de mal à une mouche, interrompt la mère, inquiète des révélations que fait sa fille à un inconnu.

– Maintenant, il prend au sérieux le Dieu de Navarcles, murmure Carvalho pour lui-même.

L'écriteau était prometteur comme une corne d'abondance : « Jambons en gros Mena », mais Carvalho se méfiait encore plus des jambons en gros que des poulets en gros. Un jambon en gros n'est jamais bon. Les jambons doivent être préparés un par un, dix par dix, mais jamais mille par mille; et produire de mauvais jambons, alors là oui, alors là oui, c'était de l'anti-Espagne. Carvalho sonne et reçoit en échange l'ouverture du portail de l'entrepôt et l'accueil d'une fille qui a la tête de quelqu'un qui relève tout juste d'une jaunisse, et, avec la fille, une bouffée d'odeur de lointains rances essayant de le dissuader d'aller plus loin. Mais le grossiste avait donné des ordres stricts pour qu'il fût conduit en sa présence, et la fille hépatique marchait devant, lui ouvrant le chemin à petits pas de Japonaise en mauvaise santé. En revanche, celui qui vient à sa rencontre, pétant dans sa blouse grise, a des couleurs d'homme des champs, tel qu'on dessinait et peignait les hommes des champs sur les gravures urbaines élaborées par des illustrateurs peu versés dans la vie à la campagne. Rouge aux joues et réseaux de vaisseaux mauves sur toute l'orographie réticulée d'un visage de mangeur et de buveur sans remords.

– José Mena Guiteriz, je suppose.

– José Mena Güiteriz. Avec un tréma. Si vous écrivez mon nom, ne l'oubliez pas, s'il vous plaît, le tréma toujours, mon vieux, s'il y a quelque chose qui me rend malade en ce bas monde, c'est qu'on écrive mon nom sans tréma. Depuis tout petit. Et plus tard dans la Garde.

– Ancien garde civil.

– A la retraite, oui, monsieur.

La pièce dans laquelle ils se trouvent ressemble à une grotte où les stalactites et les stalagmites auraient été remplacées par les jambons dégouttants qui pendent au plafond et s'entassent sur le sol.

– J'avais ma fourgonnette pleine de jambons, on complète sa retraite avec quelques petits travaux, et je vois la fille. Ce n'est pas que je sois très partisan de prendre les gens en auto-stop, mais je me suis dit, à pareille heure, la pauvre gamine, elle va avoir du mal à trouver quelqu'un, et il n'y a plus de car. Alors je lui ai fait une place au milieu des jambons...

– Si je comprends bien, vous êtes descendu de votre voiture, vous avez écarté quelques jambons, vous lui avez fait de la place...

– Oui, monsieur. C'était mon devoir. Je n'allais pas la faire asseoir sur un tas de jambons.

– Alors vous l'avez vue.

– Je l'ai vue... Je l'ai vue... Elle était à côté de moi, je la sentais pendant que je changeais les jambons de place, et après quand elle s'est assise, elle est passée à côté de moi... Mais je ne saurais pas la décrire avec précision... Blonde, elle était blonde, et belle, mais je ne sais pas non plus pourquoi je l'ai trouvée belle. C'est une impression que j'ai eue depuis le début et que j'ai encore maintenant.

– Et elle a disparu.

– Exact.

– Sans rien dire.
– Même pas « va te faire foutre ».
– Quelle explication vous donnez?
– Aucune.
– Que voulez-vous dire?
– Eh bien, que j'ai fait mon devoir. J'ai aidé un de mes semblables. S'il ne savait pas se tenir, tant pis pour lui.
– Vous ne vous posez pas de questions sur sa disparition? Vous ne lui avez pas ouvert la porte, n'est-ce pas?
– Non, monsieur.
– Elle a disparu pendant que la voiture roulait.
– Exact. Mais vous devez savoir que je conduis très lentement, surtout la nuit.
– Autrement dit, elle aurait pu sauter.
– Elle aurait pu sauter, mais elle n'a pas sauté, parce qu'elle se serait écrasée par terre comme une figue.
– Alors?
– Comprenne qui pourra. Chacun sa partie. Moi, c'est les jambons. Mais cette nuit-là, je me suis fait une promesse à moi-même et j'ai bien l'intention de m'y tenir tant que je vivrai. Je ne prendrai plus jamais personne en auto-stop. Si les gens ne prenaient jamais personne en auto-stop, ces choses-là n'arriveraient pas.

Un Carvalho déconcerté fait douter l'ancien garde civil de la clarté de son exposé.

– Vous comprenez ce que je veux dire?
– Non. Si les gens ne prenaient pas d'auto-stoppeurs, indubitablement les auto-stoppeurs ne disparaîtraient pas de leur voiture, mais cela ne réglerait pas la question de l'existence ou de la non-existence des fantômes.

– C'est du libertinage, tout ça. Ces histoires qui arrivent maintenant, elles n'arrivaient pas avant, avant, les gens marchaient droit. Depuis quand même les gosses font de l'auto-stop? On ne peut pas refaire les gens, et surtout pas les Espagnols. Les automobilistes qui tombent en panne commencent à faire de l'auto-stop, et à la fin même les bébés en font pour aller téter leur mère.

– Elle n'a pas parlé. Elle vous a juste prévenu pour le tournant.

– C'est tout.

– Que vous a dit la Garde civile quand vous êtes allé porter plainte?

– Qu'ils ne se seraient pas attendus à ça de la part d'un ancien, et ils avaient entièrement raison.

On ignore, en tout cas ce n'est inscrit nulle part, quel fut le modèle du couvent originel qui, par la suite, devint la norme d'une forme répétée partout. Mais les chèvrefeuilles profus et peut-être carnivores étaient bien là, suspendus au-dessus de la tête du voyageur, croulant sur le mur gris de temps et de pluies qui entourait le couvent des sœurs de sainte Claire. Les plantes semblaient vouloir s'échapper en sautant par-dessus les murs et en même temps réclamer des passants un peu d'attention pour leur volonté de fuite. La solitude et l'humidité, voilà tout ce que sentait le sombre vestibule et la sœur tourière lui apparut comme un fragment de nonne peint par un disciple mineur de Zurbarán au fond de l'encadrement du judas. La nonne ne montra aucune surprise à l'énoncé de la profession de Carvalho, et, quant à ses intentions, elle dit qu'il lui fallait l'autorisation de la mère supérieure. Apparemment, elle l'obtint car les serrures se mirent à gémir et, quelques secondes plus tard, les gonds de la lourde porte couverte de croix cloutées grincèrent, blessés par la rouille, et devant Carvalho apparut une petite sœur qui ne leva pas les yeux du sol tout le temps qu'elle lui fit face et qui le guida à travers un dédale de couloirs et, dans le jardin cette fois, de parterres au milieu desquels travaillaient d'autres nonnes, un foulard blanc sur la tête et à la main la bêche ou le râteau manœuvrés avec une dextérité de gens de métier. La petite sœur répondait par monosyllabes aux questions que lui posait Carvalho sur l'objet de tant de culture, et, arrivée en vue de ce qui semblait être la supérieure accompagnée de deux autres nonnes, elle disparut à tribord comme si elle filait à la rencontre d'un navire qu'elle était seule à voir.

Carvalho fut concis dans l'exposé de sa visite et la supérieure l'écoutait les yeux fermés apparemment, bien qu'elle regardât en coin tantôt la sœur de droite, tantôt la sœur de gauche.

– On l'a vue et puis on ne l'a plus vue.

– On l'a vue et puis on ne l'a plus vue.

Elles l'ont dit l'une après l'autre, la première interrompant le chuchotement d'une oraison et l'autre sans arrêter d'égrener son rosaire.

– Je conçois que c'est un genre de langage que vous, mes sœurs, vous comprenez facilement, mais moi, j'ai du mal à imaginer qu'une personne soit là et puis ne soit plus là.

La supérieure a ouvert les yeux et scrute l'arrière-boutique du candide regard de Carvalho.

– Les sœurs vous ont dit tout ce qu'elles savaient. Nous avons beaucoup prié pour l'âme de cette femme, si tant est qu'elle ait jamais existé et qu'elle n'ait pas été un être imaginaire, né de la nuit et de l'état de jeûne dans lequel se trouvaient mes filles, car nous étions en période de carême et leur zèle est si grand qu'elles sont allées trop loin dans leur désir de plaire à Dieu, Notre Seigneur.

Celle qui égrène son chapelet n'a pas un regard pour Carvalho et semble approuver de la tête tout ce que dit la supérieure, mais l'autre est une forte brune à gros sourcils, avec une ombre de moustache, et elle entretient dans ses yeux une dénégation joueuse directement connectée avec les yeux de Carvalho.

– Vraiment, mes sœurs, vous pensez qu'il pouvait s'agir d'un rêve éveillé?

Oui, dit de la tête la muette de corps et d'âme, mais l'autre prit sa respiration et éclata :

– J'ai déjà dit à la mère supérieure que je suis sûre que c'était une femme en chair et en os, elle ressemblait beaucoup à l'image de sainte Geneviève de Brabant que sœur Asunción a dans sa cellule.

La supérieure ravale son envie de la faire taire et, au contraire, hochant la tête, semble l'encourager à poursuivre son récit :

– Je ne sais pas si je dois, révérende mère; mais Notre Seigneur n'est pas content de nous si nous ne disons pas la vérité, et je l'ai vue comme je vous vois.

– C'est très bien, ma fille, très bien. C'est ce que nous cherchons, la vérité. Mais nous en avons déjà parlé plusieurs fois et votre compagne de cette nuit-là n'est pas aussi certaine que vous.

– Que sœur Valeria me pardonne, et vous aussi, révérende mère, mais sœur Valeria, comme toujours, n'a pas levé les yeux de par terre.

Et elles se remettent à prier, après que la supérieure leur a ordonné de se taire.

Carvalho espère en vain une sorte de communion

des saints puis se résigne à les quitter, en désespoir de cause, mais il n'a pas fait dix pas en direction de la porte que la bavarde oublie tous ses devoirs et lui crie avec vivacité :

– En plus, nous avions pris le coupé deux portes de la supérieure, c'est un vrai casse-tête.

La nonne est très contente que la chose soit si compliquée. Sa compagne est à deux doigts de se trouver mal. La supérieure la foudroie de ses yeux de vieille. Mais le regard reconnaissant de Carvalho la paie en retour, et elle le gardera pendant des années comme un trophée gagné au prix d'une sévère pénitence.

Qu'à côté de Patricio Desclergues Biedma figure, dans l'annuaire téléphonique, la qualité d'« écrivain » n'est pas précisément un stimulant pour Carvalho. Il interroge un ami qui a conservé des liens avec le monde de la littérature et apprend que Patricio Desclergues est un écrivain sur parole, auteur d'un roman qui raconte une excursion sur le lac Léman en 1915, sans autres personnages que Patricio lui-même, Isadora Duncan, Sigmund Freud et une putain mineure débauchée d'un bordel de Marseille. Le roman s'intitule *Attitudes lacustres* et se présente comme le noyau dur autour duquel viendra s'organiser un autre roman qui s'élargira progressivement dans le temps jusqu'à l'invasion de l'Ethiopie par les troupes de Mussolini.

– Et la gamine est cantinière.

– Non. L'histoire n'a aucune importance.

– Alors c'est Patricio qui va conquérir l'Ethiopie.

– D'après ce qu'il a déclaré à la presse, l'Ethiopie est une métaphore et le fascisme a toujours été une métaphore.

– Je commence à y voir plus clair.

– C'est le *nec plus ultra* de l'écriture post-moderne.

– C'est bien ma veine.

L'écrivain habite une petite maison à demi étouffée sous des tonnes de lierre, dans un coin des franges de la ville en grand danger de se voir prendre sa place par le marteau-piqueur et une tour où pourront se reproduire des générations et des générations de cadres agressifs. Dans une brèche du lierre, on devine une porte ouverte et Carvalho entre dans un vestibule de mosaïques modernistes au sol et, sur les murs, d'azulejos polychromes, dans des pénombres et de proches odeurs d'encens. D'abord vient à sa rencontre un chien envahissant et content de lui qui lèche ses chaussures au passage et poursuit sa route vers l'ouest. Il s'avance vers la pièce d'où est sortie la bête et y trouve Patricio en posture de yoga, le regardant le sourcil levé en un clair signal sémantique de surprise devant l'impertinence d'une telle intrusion.

– Je m'appelle Pepe Carvalho. Je suis détective privé. Je recherche une fille qui fait de l'auto-stop et qui disparaît ensuite.

– Une minute, je vous prie.

L'étroit, blondinâtre et maigroïde jeunot lui a demandé une trêve et se livre à des exercices de respiration tandis que Carvalho passe en revue son atelier-bureau d'intellectuel plus vrai que nature. Une machine à écrire porte une feuille à moitié écrite, d'un côté de la machine le tas de ce qui est écrit, de l'autre les feuilles blanches à écrire. L'écrivain semble avoir terminé ses exercices respiratoires car se lève et, du fin fond d'une étrange laxité, parle à Carvalho.

– La respiration est capitale pour bien écrire. On écrit comme on respire et ce qui n'est pas baroque est du journalisme. Vous comprenez?

– Non.

– Il faut respirer largement. Pour que le cerveau ne se mette pas en marche syntactiquement fatigué et ne pose pas son sujet tout de suite et ne boucle pas sa phrase tout de suite. Vous comprenez?

– Maintenant, oui.

– Justement, j'essaie d'écrire un roman sur l'apparition et je suis gêné par son pantagruélisme thématique, trop de matière, c'est comme ces femmes abominables qui ont une grosse poitrine et de grosses fesses et sont obligées de les cacher. Vous comprenez?

– J'essaie de comprendre.

– L'histoire de l'apparition me fascine, mais elle est excessive, elle peut corrompre le processus de l'écriture, comme elle a corrompu ma vie. L'idéal, pour un écrivain, c'est quand il ne lui arrive rien, il n'a plus qu'à tout inventer. C'est le seul cas où le sujet, le sujet de l'œuvre, est acceptable. Je vis en pleine contradiction, parce que le sujet m'apparaît aussi excessif qu'incontournable. J'essaie d'enterrer l'anecdote. Tenez, par exemple – il prend quelques feuillets et les lit : « Comme ces chariots d'ordures vertes qui sont passés et ne repasseront plus, infinis dans leur non-être de décombres, allégés de l'obligation de vie à l'instant où la puanteur se chosifie, cube l'air en pestilences mères et pestilences filles, agglutine la colère des petites étoiles enfouies dans un millimètre de pelure d'orange, sans hâte parce que les essieux criards sont propres à leur temps, Dédale regarde en arrière vers... »

– Qui est Dédale?

– Le héros de mon roman. Hommage personnel à James Joyce en cette année de son centenaire.

– Si je comprends bien, Dédale, c'est vous, à qui apparaît la morte.

– Evidemment, qui voulez-vous que ce soit?

– Vous regardez en arrière... et alors vous voyez que la fille n'est plus là.

– Pas si vite. Il se passe des choses avant. Pour l'instant, il tourne la tête parce qu'il cherche une boîte d'allumettes. On est encore loin de la rencontre sur la route. En fait, la rencontre sur la route ne viendra qu'en dernier et n'aura qu'une importance minime dans le récit. J'ai déjà réussi à écrire quatre cents pages et je n'ai mis le héros dans la voiture que depuis douze pages.

– Etonnant.

– Autrement, ce serait du journalisme.

– Nous pouvons parler maintenant des faits réels?

– Quels faits réels?

– De ce qui s'est passé réellement le jour où la fille vous est apparue.

– Ne dites pas de bêtises. Comment pourrais-je vous en parler en termes naturalistes? Comme si c'était arrivé « vraiment »? Quelle vulgarité. Ce serait détruire ma façon de penser *ad hoc*, adaptée à la rédaction de mon roman. Vous comprenez? Je n'ai même pas envie de parler avec vous en partant de l'idée que cette chose a pu arriver vraiment. C'est un point de départ qui risquerait de déformer mon écriture. L'important est toujours le point de vue, et c'est par là que meurt toute une littérature grossière qui s'acharne à rendre vraisemblable le point de départ par-ci, le point de vue par-là. En littérature, il n'y a de vraisemblable que le littéraire, je répète : le littéraire. Vous aimez lire?

– Je n'ai plus que quelques années à vivre.

– Un jour surgira un écrivain génial qui n'aura jamais rien lu, qui ne saura même pas écrire. Il se contentera de dicter des mots et ce sera de la littérature pure.

– Autrement dit, ce qui a pu arriver à la fille ne vous intéresse pas.

Patricio manque s'évanouir.

– Mais vous me dites des choses atroces. Cette truie mal lavée qui sentait la sueur et qui faisait son intéressante, un coup tu me vois, un coup tu ne me vois plus. Quelle horreur. De la viande à roman policier. Voilà ce qu'elle était, cette cochonne.

Sept qui ne veulent rien savoir, c'est trop pour un seul homme et il n'a aucune chance de s'y retrouver, ou alors peut-être n'ont-ils pas pu l'aider à s'y retrouver, peut-être qu'ils ne savent pas eux-mêmes ce qu'ils sont venus faire là.

– Je vous ai préparé des chipirons dans leur encre farcis de chanterelles et de chair à saucisse.

– Très bien.

– Vous parlez d'un boulot, chef.

Mais Biscuter devine que Carvalho n'est pas d'humeur gastronome et il n'insiste pas dans la vente de l'excellence de son plat. Carvalho mange sans faim. Il repousse son assiette dans laquelle reste un petit tas de chipirons.

– Ils ne sont pas bons, chef?

– Je n'ai pas faim, Biscuter.

Il jette sa serviette sur son bureau au moment où entre le frère de Martí. Il regarde les restes du repas, regarde Biscuter, Carvalho, comme s'il avait affaire à des fous.

– Chipirons dans leur encre à cette heure-ci?
– Nous sommes en deuil.
Biscuter rit de la sortie de son chef et retourne dans sa cuisine en essayant de contenir, sans succès, son rire.
– Vous avez avancé?
– Pas d'un pet. Hallucination, falsification, nous avons le choix. La seule certitude, c'est qu'ils ont tous fini par modifier les faits et par les adapter à la réalité qui leur convient. Il n'y a qu'une bonne sœur... – Carvalho rit en se souvenant de la nonne –, il n'y a qu'une bonne sœur qui a augmenté les difficultés en rajoutant de la réalité à la réalité. Elle m'a dit que la fille a disparu du coupé deux portes dans lequel elle et une autre bonne sœur étaient assises devant.
– Alors?
– Pour l'instant, mettez ça au chapitre des ovnis.
– Ne me laissez pas tomber. Je suis à bout. Je reviens de chez le psychiatre, ma belle-sœur a été internée et mon frère en prend le chemin. Pour un type, un type rationnel, l'histoire est encore plus désespérante. Ne baissez pas les bras, je vous en prie.
– Les autres témoins du miracle sont tous bons, ou presque, pour l'hôpital psychiatrique. Je crois même qu'il y en a certains qui devaient sortir de l'asile quand ils ont pris la fille. J'ai rencontré les fous les plus marrants du pays, de la planète. Mais écoutez ce que je vous dis. Une fois, une femme qui avait été violée trois fois en faisant de l'auto-stop est venue me voir pour que je lui donne un coup de main. Elle voulait faire la preuve qu'il y avait bien eu viol et elle me chargeait d'apporter des éléments sur le caractère de ses violeurs. Je l'ai fait, mais j'ai

appris entre-temps qu'elle avait déjà été violée dans son enfance par son beau-père et plus tard par un professeur, et des années après avoir fait appel à moi, elle a fini par se marier avec un de ses violeurs.

– Elle avait tout inventé.

– Pas du tout. C'était vrai. Mais elle avait ce que j'appelle l'esprit de paratonnerre. Il y a des personnes qui attirent sur elles un certain type de malheur, un seul, comme des paratonnerres faits exprès pour attirer la foudre. Tous ceux qui ont vu la fille sur la route sont fous, chacun à sa manière, mais ils sont fous.

– Vous comprendrez que je ne peux pas me contenter de cette explication.

– Je vous comprends et je vous dis que le témoignage de la bonne sœur est celui qui renforce le plus l'idée que votre frère et sa femme ne se sont pas trompés. Bon, alors? Je dis qu'ils ne se sont pas trompés. Vous aussi. Ce n'est pas suffisant?

– Non. Ce n'est pas suffisant. Nous voulons vous payer pour que vous nous donniez raison. Je les aime et par conséquent je suis incapable de faire semblant avec eux. Ce sont deux personnes qui ont un esprit rationaliste. Ils ne peuvent pas croire aux apparitions.

– Personne ne leur demande de croire aux apparitions. On leur demande juste de croire ce qu'ils ont vu.

– Ils ne peuvent pas croire ce qu'ils ont vu.

– Alors qu'est-ce que c'est que ces rationalistes? Il y a une limite à tout. Si on se met dans l'idée qu'on a le droit de ne pas croire ce qu'on voit, il faut être conséquent avec soi-même.

– Je ne peux pas m'en aller sur cette réponse.

– Je ferai un dernier effort. Je vais me déguiser

en paratonnerre et je vais aller tourner sur cette route mille fois s'il le faut. C'est le maximum que je peux faire. Me prendre moi-même comme cobaye.

Le sergent écoute l'explication de Carvalho et, petit à petit, engrange du scepticisme. Il finit par soupirer et par lui adresser une moue méprisante.

– C'est plus difficile que de trouver du pétrole. Pour le pétrole, on cherche dans un secteur précis, on a des caractéristiques prévues à l'avance, vous comprenez ce que je veux dire ? Mais quelle est la règle de trois qui va faire que la fille va vous apparaître, à vous en particulier, avant le même virage ?

– Il y a déjà eu sept apparitions.

– Si vous voulez, je vous donne une explication cohérente, pour rien, gratuit, et vous la mettez au compte de votre client. Il y a eu un premier cas, disons celui du représentant. Effectivement, il voit une fille qui fait de l'auto-stop et il la prend dans sa voiture. D'abord tout va très bien jusqu'à ce que ça commence à aller encore mieux, et tu es toute seule, et où tu vas dormir, etc., et ils passent sur la banquette arrière et là, tacatic, tacatac, et quand il reprend ses esprits après toute cette agitation il voit qu'il lui manque quelque chose, son portefeuille ou un souvenir. Il ne peut pas déposer plainte et avouer qu'il s'est fait faucher quelque chose pendant qu'il faisait tacatic tacatac, alors il nous lance à ses trousses pour voir si on réussit à la pêcher. Il raconte l'histoire de la mystérieuse disparue parce qu'il se dit que c'est une voleuse à la roulotte qui finira bien par tomber un jour ou l'autre. L'histoire commence à circuler. Tombe dans l'oreille d'un autre dingue qui la reprend à son compte et qui y croit dur comme fer, puis d'un autre, et encore un autre...

– Il y a deux cas plus complexes, les deux couples, les bonnes sœurs et les communistes.

– Une des deux bonnes sœurs n'est pas certaine, et quant aux deux cocos, rien que pour faire chier la Garde civile, ils seraient capables de dire qu'ils ont vu l'Esprit Saint se farcir un feu rouge.

– C'est possible. Mais je vais essayer quand même.

– Vous faites ce que vous voulez.

– Alors ne vous étonnez pas si vous me voyez faire l'aller-retour sans arrêt.

– Dans ce métier, la première chose qu'on nous apprend, c'est à nous étonner de tout, mais plus le temps passe et moins on s'étonne.

Carvalho parcourt plusieurs fois l'itinéraire magique. Il descend aux points clés. Il enjambe le fossé, rentre dans les champs, cherche des sentiers, des maisons proches, discute avec les habitants de ces maisons, le jour, la nuit, les phares de sa voiture éclairent le virage fatidique. Il boit des verres ou avale n'importe quel casse-croûte dans les cafés situés sur la route et retourne à la charge, dans une recherche insistante de la dernière possibilité d'explication rationnelle. Enfin, une nuit, une femme lui fait signe. C'est une blonde, mais on la dirait moins transparente, plus charnelle. Carvalho la fait monter dans sa voiture, insiste pour qu'elle mette la ceinture de sécurité et verrouille la portière de son côté. Elle remarque les précautions que prend Carvalho et les regards furtifs qu'il lui jette. L'inquiétude la saisit et, mine de rien, elle défait sa ceinture et déverrouille la portière.

– Vous êtes pressée ?

– Non, pourquoi ?

– Je vois que vous enlevez votre ceinture et que

vous déverrouillez la portière. Vous allez disparaître d'un moment à l'autre?

– Disparaître..., moi?

– La route, l'histoire de la disparue. C'est vous?

Elle éclate de rire.

– Ah! C'est ça! Si je comprends bien, j'ai fait du stop au mauvais endroit. Cette histoire traîne par ici depuis des années, depuis des siècles. Je suis infirmière à domicile et j'ai des malades dans le coin. Ma voiture s'est embourbée, voilà tout. Tenez, ma carte d'identité, vous verrez que je ne suis pas un fantôme.

Carvalho vérifie, au cas où.

– Vous êtes méfiant. Vous l'avez vue, vous, la fille blonde et languide?

– Non, pas moi. Un client à moi, qui est mûr pour l'asile.

– C'est une histoire très ancienne qui évolue avec le temps. Elle fait partie du vieux fonds de contes populaires sur les revenants de l'au-delà, chaque époque les adapte à sa technique et à ses mœurs. Aujourd'hui, c'est la bagnole et le stop. La réalité est bien plus simple, et triste. Des jeunes mariés qui se tuent dans un sale virage, et voilà que la description de la fille qui a été faite par les gens qui l'ont vue coïncide avec la morte. Mais la morte est bel et bien morte.

– Autrement dit, vous croyez que c'est de l'autosuggestion.

– Ils lisent l'histoire dans les journaux au moment de l'accident, ils font l'association avec les apparitions, dont il est aussi question dans les journaux, et il n'en faut pas plus.

– Alors, comme ça, vous êtes une femme bien vivante?

– Aucun doute.

– Je peux vérifier?

Il y a de la malice et une promesse dans le regard qu'elle soutient.

– Essayez pour voir. Et si j'étais un fantôme?

– Je suis capable de courir le risque.

Elle colle son corps contre la portière, l'éloignant des mains de Carvalho qu'elle voit venir, et, de là, l'observe, toujours souriante, mais sur ses gardes maintenant :

– Je suis infirmière, je soigne des malades à domicile, et je peux vous le prouver. Je ne suis pas une apparition, mais vous, je peux vous dire que vous êtes un dragueur ambulant, très original, je vous l'accorde. Vous racontez que vous cherchez le fantôme et vous en profitez pour tirer sur tout ce qui bouge. Bonne chasse?

– Je ne suis pas chasseur.

– Charognard, alors?

– Il m'arrive d'être charognard, mais quand je ne peux pas faire autrement.

– Désolée. J'ai des patients qui m'attendent.

– Si vous voulez, je vous attendrai ici.

Elle a ouvert la portière et, du dehors, se penche vers l'intérieur pour lui dire :

– Je trouverai bien quelqu'un.

– Soyez prudente. Il n'y a pas que des braves gens sur les routes...

Le bruit de la portière sert de clap de fin à ce qui aurait pu être et n'a pas été.

Carvalho ressent le besoin de faire la cuisine et suit des recettes rapportées par Biscuter du marché de la Boquería. Une soupe typique du Priorato et une omelette de la même région, la *sopa de brosa* et la *truita amb suc.* Comme chaque fois qu'il veut cuisiner et manger névrotiquement, entre deux spéculations et deux angoisses provoquées par des problèmes remis à plus tard, Carvalho demande à son voisin, le gérant Fuster, de lui servir de convive et de pierre de touche d'un monologue déguisé en dialogue. Fuster ne se laisse pas convaincre tant qu'on ne lui a pas expliqué par quoi il devra passer.

– Pour la soupe, on fait bouillir ensemble des pommes de terre et trois sortes de viandes : poulet, veau et porc. On passe les pommes de terre et les viandes au moulin à légumes et on éclaircit avec le bouillon. Après on ajoute des boulettes de chair à saucisse.

– Très nourrissant. Et l'omelette?

– Une omelette garnie de haricots cuits à l'avance, accompagnée d'une sorte de bouillon qui ressemble à une sauce blonde avec de l'aïoli et de la morue effeuillée.

– Cuisine d'hiver et de la terre.

– Tu l'as dit.

– De mon bureau, je ne vois pas le temps qu'il fait à Vallvidrera.

– Brouillasseux et humide.

– Excellent menu. Tu peux compter sur moi.

Il compte sur lui et complète la scénographie par une cheminée allumée au moyen d'*Attitudes anglo-saxonnes*, d'Angus Wilson.

– Qu'est-ce qu'il t'a fait, ce bouquin?

– Absolument rien, si tu ne tiens pas compte du fait, qui est déjà une agression en soi, que c'est un bouquin. Je te dirai même qu'il y a vingt ans il m'a beaucoup plu. Mais son titre ressemble trop à *Attitudes lacustres, opus premier*, d'un con, que je n'ai pas lu, mais qui est répugnant.

– Ta paranoïa ne s'arrange pas. Tu en arrives à détester tout ce que tu n'as pas lu.

Fuster a apporté les desserts, une tarte aux kiwis et de la pâte de coing de son village, et Carvalho a ouvert un priorato scala dei légèrement rafraîchi, et, pour accompagner le dessert, une liqueur d'anis et de pouliot qu'on ne trouve que dans les villages perchés du Priorato. Ils mangent, ils boivent aussi, et Carvalho s'étourdit les yeux dans les volutes d'un Cerdan de bonne taille, tandis que l'histoire de l'impossible enquête prend corps, peuplée d'apparitions, à l'intention d'un Fuster qui s'efforce d'imaginer les personnages et les situations. Il écoute avec la même lenteur que Carvalho met à raconter. Il ne devance pas ses paroles et les assimile l'une après l'autre, avec ses yeux d'oiseau perspicace, sans rien faire d'autre que de se passer de temps en temps la main dans ses cheveux blancs, plutôt rares, et quand la voix de Carvalho s'éteint derrière un rond de fumée, il laisse tomber :

– Il ne te reste que deux possibilités. Soit tu abondes dans le sens du garde civil qui a une explication très sensée à donner, soit tu continues à faire le Hollandais volant en attendant que la fille veuille bien se montrer. Si tu tombes sur elle, de deux choses l'une, soit tu l'attrapes et tu l'obliges à avouer la supercherie, soit...

– Soit quoi?

– Soit il s'agit vraiment d'une revenante.

– C'est la meilleure. Il ne manquait plus que toi pour jouer au jeu du fantôme.

– Le jeu, c'est le jeu. On ne part pas au milieu de la partie. Imagine qu'avec un peu de chance tu la rencontres, tu lui racontes ton histoire, elle disparaît et tu te retrouves, toi, numéro huit dans sa collection de floués. Pourquoi c'est arrivé aux sept autres et pas à toi?

– Toi, tu es en train de te foutre de moi.

– Ta remarque me prouve que tu ne crois pas à cette histoire. Qu'au mieux, tu veux bien donner raison au sergent, c'est-à-dire le coup de l'histoire inventée et après la suggestion vient toute seule. Mais écoute-moi. Elle n'est pas nouvelle, ton histoire. Le Moyen Age et l'époque moderne sont remplis de récits de bonnes femmes qui apparaissent au bord d'un chemin et qui disparaissent après avoir annoncé un danger. On trouve ça aussi chez les écrivains, récemment García Marquez parlait de cette topique, au sens littéraire du terme, dans un article d'*El País*. L'histoire traditionnelle s'est adaptée à la civilisation de l'automobile, de la route et de l'auto-stop. Voilà tout. Et dans le futur, quand il sera tout à fait normal de naviguer dans l'espace, eh bien, ce seront des filles éthérées qui apparaîtront dans les galaxies et qui, à un moment donné, crieront : « Attention à la comète ! » avant de disparaître.

Un dernier verre de digestif prioratin, une dernière lichette de pâte de coing et Fuster le laisse, absorbé dans l'hypnotique contemplation des flammes, s'autocritiquer et se pousser lui-même vers une résolution qui est à mi-chemin entre ses désirs d'irrationalité et sa morale professionnelle. Il finit par s'endormir et rêve à des circuits spatiaux à bord de lui-même et à des rencontres avec des filles plus pâles que blondes, bleues, flottantes, qui lui demandent de les emporter vers des planètes dont il ne se rappellera plus le nom le lendemain. Au lever du jour, le brouillard tient toujours bon sur Vallvidrera et la radio annonce que la circulation est dangereuse sur certaines routes. Carvalho descend vers

Barcelone, son bureau, et téléphone à son client qu'il veut le rencontrer. Mais avant de se rendre au rendez-vous, il se réserve une heure de réflexion et déambule dans la Barcelone qui s'adosse aux Ramblas, à partir de l'autre rive du Barrio Chino, la Barcelone romantique qui s'organise autour de la plaza de Medinaceli, sur les arrières de la plaza Real et de la plaza de Sant Jaume, la Barcelone qui a fini d'être gothique et conserve des ruelles pour des tuberculoses mal soignées, des artisans lents et vieux, des enfants qui jouent entre la convalescence et l'école. Il se souvient du jeune couple de communistes et des témoins qui se sont prêtés à une enquête inutile, et il se voit lui-même, les épaules et les yeux lestés d'idées préconçues, jouant à l'enquête machinale. Et il décide d'une conduite à suivre.

Sans doute l'école progressiste type, concoctée par une coopérative de pères progressistes pour former une nouvelle fournée de progressistes qui, à leur tour, perpétueront la race, race morale s'entend, jusqu'après l'an 2000. La conversation, donc, requiert un ton élevé, moralement parlant, et il prend sa tête la plus morale quand l'aîné des Capdevila surgit à la porte d'une classe et se précipite dans le matin brumeux de la cour d'école progressiste, dirigée par une coopérative de pères progressistes, faite pour perpétuer une si vaillante espèce.

– Pour moi, c'est une question de morale. Je ne veux pas continuer à dépenser votre argent et à perdre mon temps.

Il marche à côté de Capdevila dans la cour. Les enfants profitent de cette récréation imprévue et, de temps en temps, l'un d'eux s'approche du maître avec une plainte ou avec une question. Celui-ci répond avec intérêt puis retourne à ses soucis, en une double conduite impeccable.

– Je n'arrive pas à me résigner. Mon frère est complètement prostré. Il va devenir fou, s'il ne l'est pas déjà.

– L'explication de l'infirmière tient le coup. Votre frère a pu archiver inconsciemment l'histoire de l'accident et des apparitions. Imaginez la quantité de fois où on a dû lui raconter des histoires comme celle-là dans son enfance. Je me souviens encore des serpents qui sortaient de la bouche d'un pécheur quand il se confessait à son directeur de conscience.

– C'est possible. – Une phrase musicale se fait entendre. – Je dois retourner en classe.

– Je ne veux pas vous décourager, mais c'est peut-être de la suggestion collective.

– Disons que vous vous défilez, mais je comprends vos raisons.

– Mais moi, je ne les comprends pas ; si je voulais, je pourrais aussi bien vous tenir en haleine et justifier dans la foulée mon enquête et la facture qui va avec. Vous saisissez ?

– Vous n'avez pas à vous justifier. Je trouve que c'est honnête, ce que vous faites.

– Je déteste le mot « honnête ».

– Prenez le mot que vous voulez.

– Sensé.

– Va pour sensé.

– Mais pour que ce soit sensé de mon côté, il faut que ce soit sensé du vôtre aussi, et je devine à vos yeux que vous allez encore remuer la vase.

– C'est mon affaire. Je vous ferai parvenir un chèque pour vos honoraires.

– Je ne vais pas vous prendre de l'argent, je n'ai rien trouvé.

– Cette fois, vous aviez affaire à des fantômes.

– Je ne cours pas après des fantômes. Je viens de penser à quelque chose, à un dernier recours, le recours suicide. Faites appel à un parapsychologue. Ce n'est pas que j'y croie, mais j'imagine que vous pouvez encore faire ça avant de jeter l'éponge.

– Je vais suivre votre conseil.

Le maître fut peu performant pendant les heures de classe qui lui restaient ce matin-là. Il avait le cœur rongé par une profonde sensation d'impuissance et il se creusait le cerveau pour trouver une idée qui lui permettrait de faire un pas au-delà de sa volonté de ne pas s'avouer vaincu. Tout à coup, il comprit que la porte qu'il cherchait était déjà ouverte, et il planta là un élève avec le théorème d'Archimède dans la bouche pour courir à l'étage supérieur, où le professeur de dessin corrigeait l'esquisse d'un élève qui s'obstinait à reproduire la nature défunte d'un aigle naturalisé. L'élève se retrouva sans professeur et seul devant la mudité de l'aigle, tandis que le maître entraînait la jeune femme dans un coin de sa classe et lui infligeait un rapport exhaustif sur la revenante et son frère. Le professeur de dessin avait des capacités peu communes : elle invoquait les esprits au moyen de verres posés sur le dessus d'une table et soulevait avec le doigt la chaise sur laquelle s'asseyait Paca Bienzobas, professeur de sciences naturelles, nature vive de quatre-vingt-neuf kilos mal répartis sur un mètre cinquante-neuf de stature. Et du fond de son savoir particulier, elle lui exposa son verdict.

– En ce moment, toi, tu émets des radiations qui recherchent cette femme et des radiations connectées avec celles de ton frère. Tu es le seul à réunir les conditions pour arriver jusqu'à elle volontairement.

Toute autre rencontre ne peut être que le fruit du hasard ou de la volonté du fantôme.

– Mais dis-moi que nous ne sommes pas fous. Dis-moi que je ne retombe pas en enfance.

– Ce qui est arrivé est arrivé sans qu'il y ait le moindre mécanisme logique qui permette, non de comprendre, ce qui est impossible, mais d'accepter. Tu dois te laisser pénétrer par l'idée du possible, sinon tu feras barrage. C'est comme ces peintures qui laissent passer l'eau.

On raconta, plus tard, que le maître avait manqué l'école pendant deux jours et qu'on ne l'avait presque pas vu chez lui. En revanche, la portion de route qui venait avant et après le virage de la mort fut le théâtre des tenaces allées et venues de sa voiture utilitaire – tête d'un homme vivant le paysage à sa droite et à sa gauche comme on vit seulement l'espoir de trouver le paradis à l'est ou à l'ouest, à bâbord ou à tribord. Dans sa solitude de chasseur de fantômes, il crut avoir la fièvre, et de la main se frottait le visage, depuis la barbe qui poussait d'heure en heure jusqu'aux yeux fatigués de voir au-delà de la réalité, en passant par la bouche pâteuse à cause du tabac trop fréquent et des rares sandwichs au chorizo arrosés de Coca-Cola que, périodiquement, lui fournissait le garçon du café le plus proche. En dépit de ce qui ressemblait bien à un échec, il était intimement convaincu que la récompense ne tarderait pas à apparaître. Ses yeux ne cherchent pas, ils semblent plutôt persuadés qu'ils vont trouver. En effet. A l'horizon crépusculaire, la lumière des phares happe le corps d'une femme qui lève le bras. Nulle surprise sur le visage du conducteur. Il arrête sa voiture lentement. C'est la fille des apparitions.

– Vous allez à Barcelone?
– Oui.
– Vous pouvez m'emmener?
– Bien sûr.
Mains fermes de l'homme faisant démarrer la voiture. A peine un regard en biais pour s'assurer que la fille est toujours là. Mais le pied hésite entre le frein et l'embrayage, tandis que la tête cherche le début de conversation idéal pour mettre les fantômes en confiance. Comment lier conversation avec un fantôme? Je vous cherchais... ou bien, Vous êtes sûrement cette personne qui est montée dans la voiture de mon frère l'autre jour... ou bien... Mais il n'y a pas loin entre le point de rencontre et le virage de la mort, et cette distance est du temps et il faut le mettre à profit, avant, avant qu'elle lui dise Attention, freinez, je vous en prie, c'est le virage de la mort.
– Vous prenez souvent cette route?
Elle ne répond pas, mais elle le regarde, porteuse d'une vérité qu'il ne possède pas.
– J'ai l'impression que je vous ai déjà vue par ici.
Maintenant, elle regarde la route qui les attend, l'invite à mettre la voiture en marche pour que s'accomplisse ce qui doit s'accomplir.
– C'est à Barcelone que vous allez? Vous voulez bien qu'on s'arrête prendre quelque chose au café?
Les lèvres remuent, mais respirent avant de murmurer un faible :
– Allez où vous devez aller.
Il obéit en passant la première et remarque que son bras qui actionne le levier de vitesses est comme un tube, creux, qui ne lui appartient pas. La voiture se met en mouvement avec lenteur et avance avec la même lenteur, en partie parce qu'il veut gagner du

temps, en partie parce qu'il sent maintenant ses bras vidés, vidés comme la jambe qui doit appuyer sur l'accélérateur, comme si son cerveau le vidait de ses forces pour tâcher d'éviter l'accomplissement d'un destin qu'il pressent fatal.

– Vous ne m'avez pas répondu pour le café.

– Allez où vous devez aller.

Il a parcouru tant de fois ce même bout de route qu'il pourrait compter les bornes et les arbres qui le séparent du virage et il vit le compte à rebours avec, au fond de lui, le sentiment qu'il peut l'arrêter, qu'il pourra stopper ce rêve quand il voudra, freiner le long du fossé, faire face, la démasquer : tu n'existes pas, tu es irréelle, où vas-tu ? Où m'emmènes-tu ? Mais il n'obéira pas à ce mouvement si profond, si imprécis. Pis, comme aspirée par un tunnel glouton, la voiture avance dans une nuit spéciale, tranquille, silencieuse, pas même déchirée par le bruit du moteur. De temps en temps, il la regarde, pour voir si change son expression d'examinatrice attentive de l'ellipse de lumière que les phares projettent devant eux sur l'asphalte. Mais elle examine la route en experte, sans que rien bouge en elle, sauf ses yeux scrutateurs et ses lèvres qui semblent se préparer à intervenir. Sérieuse, aucune expression sur son visage doux et détendu. Tout à coup, ses lèvres bougent. C'est la seule chose qui bouge dans son visage où ses yeux sont maintenant ceux d'une aveugle.

– Attention, freinez, je vous en prie. C'est le virage de la mort.

Alors il exécute ce qu'il a décidé. Il freine, d'une main il tient le volant, mais de l'autre il agrippe le poignet de la fille. Elle est surprise, mais ne crie pas, elle lutte pour se libérer de cette main qui la tient.

– Non, tu ne partiras pas. Et si tu t'en vas, je partirai avec toi, en enfer s'il le faut.

La lutte se fait plus âpre. La voiture aborde le virage. La fille pousse un cri d'angoisse. Il essaie de redresser la voiture, mais n'y parvient pas et elle va s'écraser contre un arbre et s'immobiliser, après un tonneau, dans les labours.

Quand Carvalho sonne à sa porte, sans lui avoir téléphoné, passe la porte sans un geste de salut, ressort directement sur la terrasse et se plante devant la perspective ouverte du port d'un côté et le labyrinthe du Barrio Chino, de l'autre, agressé par la tentative avortée d'une grande avenue évaporatrice des humeurs malignes des ruelles du sexe odorant et de la pègre bon marché, c'est qu'il n'est pas dans un bon jour et que quelque chose s'est brisé dans son cœur. Alors Charo sort la meilleure bouteille de whisky pur malt qu'elle a chez elle et en remplit un verre à moitié, ajoute trois glaçons à ce baume et le lui tend, pour qu'il le vide à petites gorgées lentes, au long d'une demi-heure de mutisme. Après quoi, il a retrouvé ses esprits et parle tout haut, raconte ce qui est arrivé, d'abord avec une raideur de victime, puis avec une ironie croissante envers lui-même, et il clôt son soliloque sur une invitation à dîner, ici, dans l'appartement de Charo, ou à Vallvidrera. Le dîner s'achèvera par une scène d'amour où Carvalho mettra l'anatomie et Charo la science et l'art de la professionnelle éprise de son client le plus imprévu et constant et gratuit. Aujourd'hui n'est pas une exception. Mais Charo a du mal à comprendre une histoire dont l'héroïne est une femme blonde et pâle qui arpente les routes, apparaît et disparaît en faisant la nique aux rationalistes.

– Ça devait leur arriver, Charo, et je ne peux rien y faire. Je me suis plongé jusqu'au cou dans la pègre de Bangkok, j'ai été tueur à gages pour la C.I.A. et j'ai conspiré contre Franco, mais je ne peux rien faire contre les fantômes parce que je n'y crois pas. Je n'y crois pas et ils m'ont eu.

Ce soir-là, Pepiño est pris d'une envie soudaine de monter à Vallvidrera et de lui dire de prendre sa veste en fourrure d'il ne sait pas quel animal. De temps en temps, Carvalho aime que Charo recouvre sa nudité de cette seule veste en fourrure et il la regarde en pensant à la possibilité de la fantaisie, mais sans se la permettre, comme s'il mettait un pied, juste un pied, dans un marais. Carvalho est tellement en sourdine qu'il ne veut pas faire la cuisine et ils se sont arrêtés chez Seamon au cours de l'ascension vers Vallvidrera, pour acheter une terrine de légumes, une boîte d'œufs de saumon, la moitié d'un gâteau d'omelettes fourrées de toutes sortes de choses et du saucisson premier choix. Pour boire, il ouvre une bouteille de *cava* Mestres brut nature, frappé. Il boit avec plus d'avidité qu'il ne mange.

– Pas de livre non plus, aujourd'hui?

– Qu'est-ce que tu veux dire?

– Tu ne te ressembles plus. Tu ne brûles pas de livres, aujourd'hui.

– Et puis quoi, encore?

– Remarque, je n'ai rien contre les livres. C'est pour que tu sois moins triste.

– Tu as raison. Aujourd'hui, je vais en brûler un costaud, une véritable conspiration contre la liberté du regard.

Mais il n'arrive pas à se décider, pris entre son découragement et le sentiment qu'il est devenu l'esclave d'un rôle qu'on lui flanque d'office. Le poids de l'engagement. Il n'y a pas d'engagements petits ou grands. La connerie, c'est de s'engager. Jouer son rôle, même pas beaucoup, il doit bien ça à Charo, et il se dirige vers les étagères où il choisit un volume de l'*Esthétique* de Lukács, il en arrache la couverture, les pages et les met dans la cheminée où elles serviront de départ au feu qu'il va allumer. Charo est allongée sur un canapé ; du bout du pied, elle ôte ses chaussures, puis enlève ses boucles d'oreilles.

– Tu aimes les femmes qui portent des boucles d'oreilles ?

– Tu disais ?

– Oh, redescends sur terre. Je te demandais si tu aimes les femmes qui ont des boucles d'oreilles.

– Je n'y ai jamais fait attention.

– Tu devrais, tu sais qu'on peut avoir l'oreille déchirée si on ne fait pas attention ?

Carvalho se penche vers la cheminée, et aussitôt une Charo à demi nue parce qu'elle a gardé sa veste de fourrure se plaque contre son dos et passe ses bras autour de sa poitrine.

– Qu'est-ce qu'il arrive à mon Pepe, pourquoi il fait la tête aujourd'hui ?

– Je ne fais pas la tête.

Mais elle a raison, Carvalho broie du noir. Son regard se perd dans les coins et il répond aux cajoleries de Charo comme un jouet mécanique.

– Pourquoi tu ne m'aimes pas un petit peu, ce soir ?

Ils s'aiment un petit peu au lit. Mais Carvalho est ailleurs. Il regarde le plafond comme s'il le voyait pour la première fois. Il dort d'un sommeil agité. Il se réveille. Puis se rendort profondément et c'est la voix de Charo qui le réveille.

– Réveille-toi, Pepe. On frappe à la porte.

Les yeux troubles, la bouche pâteuse, il se dirige vers la porte précédé d'un Voilà ! mais il passe par la cuisine, prend le broc d'eau glacée et boit directement un long trait qui mouille sa veste de pyjama. Par la fenêtre, il voit celui qui frappe. Un garde civil.

– Il est arrivé ce qui devait arriver. Ce monde est plein de tarés.

Carvalho acquiesce et se laisse aller à ce que voudra faire de son corps la jeep de la Garde civile qui les emporte « ... sur les lieux ». Le sergent est abstraitement indigné, même si chacun de ceux qui peuplent la jeep, lui y compris, a tout lieu de se sentir personnellement visé par son irritation.

– Pouvez-vous m'expliquer pourquoi ils choisissent tous cet endroit pour venir me faire chier. Avec le réseau routier qu'il y a dans ce pays.

Carvalho ferme les yeux et se souvient d'un fragment de sa conversation avec Carlos Capdevila.

« Je ne veux pas vous décourager, mais c'est peut-être de la suggestion collective.

– Disons que vous vous défilez, mais je comprends vos raisons. »

Le sergent met dans la balance sa vie et sa carrière. Lui, son truc, c'était les voleurs de poules dans les années cinquante et les voleurs de voitures en soixante, quand on pouvait leur mettre les doigts dans l'encadrement d'une porte et la refermer après. Ils chantaient, pour chanter, ils chantaient.

– Mais je n'ai pas fait une carrière pour courir après des fantômes, vous ne trouvez pas ?

– Les temps sont difficiles.

– Tout fout le camp.

La jeep s'arrête près de l'arbre de l'accident. Au-delà des arbres, dans les champs, la voiture retournée, dans le fossé, deux couvertures recouvrent les deux corps. Le garde civil ouvre le chemin. Le sergent soulève doucement une couverture et l'instituteur mort apparaît. Carvalho hoche la tête. Ils vont près de l'autre corps et l'opération se répète. La jeune fille aussi est morte. Placidement morte.

– La jeune mariée qui s'est tuée dans le virage?

Le sergent a l'air préoccupé quand il se relève et répond :

– Non. Elles se ressemblent, mais celle-ci est inconnue, aucun papier.

Carvalho regarde la morte en face et sourit fugacement. Le sourire de la morte est presque une réponse.

LE BATEAU FANTÔME

C'est l'éternelle histoire, une éternité qui remonte à l'origine du rapport noué entre la mer et les Canariens. Les navires s'en vont et rentrent, même si certains sont un jour les victimes propitiatoires chargées d'assurer le retour des autres. Bateaux travaillant dans les eaux voisines de l'archipel, navires partant au sud et passant même, par le bec de l'Afrique, dans les voies qui s'ouvrent sur l'océan Indien. Noms mythiques pour les voyageurs de l'imaginaire, ceux qui s'embarquent seulement dans la fiction des écrivains et des cinéastes, mais, pour les pêcheurs, au contraire, noms liés à leur vie, points cardinaux de leur quotidien. Les courants les portent au sud ou au nord, mais l'âpreté des eaux européennes, qu'ils atteignent en suivant le courant des Canaries, les a fait se tourner plutôt vers le sud et ses routes : le courant de Guinée et sa confluence avec le contre-courant équatorial, jusqu'au point où les voies secrètes se rencontrent avec le courant de Benguela qui remonte depuis l'Antarctique. C'est à peine si cet exploit banal qui consiste à gagner sa vie sur l'échine d'océans qui ne sont pas faits à la mesure des hommes leur a valu quelque littérature.

Et quand ils racontent que, à la hauteur de l'embouchure du Congo, l'eau est douce jusqu'à douze milles et n'a pas la couleur de l'océan proprement dit jusqu'à trois cents, les pêcheurs ne veulent éblouir personne, ils se contentent d'expliquer des choses qui font partie du monde dont ils ont l'expérience. Et pendant la saison des pluies (d'octobre à mai), le courant du Congo est très puissant, il charrie de la terre, des végétaux arrachés et forme des îlots fugaces qui flottent jusqu'en haute mer. Si un pêcheur canarien vous dit qu'une de ces îles éphémères peut avoir jusqu'à cent mètres de long et être aussi dangereuse pour les navires que les icebergs de l'Atlantique Nord, il faut le croire. Des vestiges de ces îles flottantes sont arrivés jusqu'à Annobon.

Tous les jours sont bons pour le départ des bateaux pourvu que le vent n'en fasse pas trop, mais les navires de pêche de haute mer ont des calendriers fixes, comme les usines ou les magasins. Cependant, l'émotion de naviguer, de s'en aller et de rentrer chez soi fait partie pour les uns comme pour les autres du même rituel d'espoir. Encore une fois, les bateaux de pêche quittent le port de Santa Cruz de Tenerife. Cris, gestes routiniers, lenteur chez les pêcheurs avant l'aventure quotidienne. Même une apparente paresse, qui n'est autre que le sens du temps exact qu'il faut à la mise en œuvre de mouvements précis. Lâcher les amarres, préparer les apparaux, les yeux de l'homme fixes sur l'immensité de l'océan promis tandis que les bateaux s'éloignent de la côte. Parvenus en pleine mer, le labeur encore, chaque chalutier dans sa surface et chaque homme à sa mission. Les heures passent, ou les jours, et les bateaux s'en retournent. Sur l'océan se déploie la flottille impatiente de retrouver le port propice, enfin l'entrée du port, la lente arrivée, la recherche de la bonne place pour l'amarrage, des parents qui sont venus attendre, des mareyeurs, les pêcheurs séparent les poissons du fretin et procèdent à la distribution par familles. Mais il y en a sur le port qui ne sont pas tranquilles, pour qui l'arrivée n'a pas été normale. Des femmes, surtout des jeunes, des vieilles aussi, des enfants, un homme ou deux. Ils se taisent et interrogent l'océan, des regards se croisent, les minutes passent, maintenant tous questionnent l'horizon, les familles et les pêcheurs, comme s'ils adressaient une prémonitoire interrogation à l'immensité de l'Atlantique. Enfin, un groupe se dirige vers l'immeuble de la Direction maritime. Du port, on les voit parler, même discuter ferme. Enfin, dans un bureau, un officier de la Direction compose un numéro de téléphone. Il attend le signal et dit un sec, net : « Le chalutier *María Asunción* a disparu. »

La longitude et la latitude du mystère ont valu à la nouvelle les premières pages des journaux.

Aucun gouvernement ne veut être responsable de la disparition du *María Asunción*. Dans un bureau du ministère des Affaires extérieures, une série de notabilités d'importance plus ou moins grande échange ses perplexités sur fond de portrait du roi et de drapeau espagnol.

Une voix domine les autres, celle du ministre :

– Aucun gouvernement ne veut de cette disparition. Ni la Mauritanie, ni le Maroc, ni le Sénégal.

– Et le Polisario?

– Le Polisario non plus. Par ailleurs, un certain nombre d'interrogations de moindre importance se posent encore. Pas un seul appel au secours pouvant laisser supposer un naufrage ou un abordage.

– Autrement dit, le *María Asunción* est devenu un mystère, sauf si les gouvernements que vous avez cités ou le Polisario mentent.

– Un ovni, commente le ministre.

Et un sous-fifre, décidé à faire de l'humour avec la tragédie, ajoute :

– Vous êtes bien sûrs que ce bateau existe vraiment ?

– Sûr. La preuve en est que les familles existent. Et qu'elles commencent à devenir envahissantes et pourraient bien être cause de désordre.

La remarque du ministre fait passer un vent d'inquiétude sur les visages les moins intéressés.

– Du désordre? Pourquoi? Le gouvernement serait coupable parce qu'un chalutier se met à jouer les bateaux fantômes?

– Quand quelque chose tourne mal, le gouvernement est toujours coupable.

– Il est aussi responsable des choses qui disparaissent ?

Aussi, décrète le ministre d'un ton sévère censé stopper net l'excessive frivolité de son subordonné. Il lui jette même un regard oblique et silencieusement désapprobateur. Qu'on fasse, entre ces quatre murs, quelques commentaires un peu vifs, passe encore, mais répétés à la légère devant un journaliste par ce jeune technocrate, et l'on n'a plus qu'à déchirer ses vêtements et à battre sa coulpe en assurant que le ministère fait tout ce qui est en son pouvoir, et au-delà, comme si, sur le *María Asunción,* avait embarqué la propre mère du chef du gouvernement.

– Et du côté de nos contacts sur place?

– Pour l'instant, nous n'avons eu que les attachés d'ambassade.

– Quelles ambassades? En Afrique, nous n'avons

pas d'ambassades, on appelle ambassade tout et n'importe quoi. Avant qu'on soit dans les complications jusque-là, remuez vos contacts dans tous les ports de l'Afrique de l'Ouest. Le moindre renseignement, si petit soit-il, peut être précieux.

Le jour du Conseil des ministres approche, et le titulaire des Affaires extérieures, commente la presse, doit y faire un rapport sur le sort du *María Asunción.* Il va falloir informer, maronne Son Excellence, en se crachant les mots à soi-même. Il imagine déjà la tête du ministre de l'Economie, sarcastique et arrogant, attendant de cueillir les fruits de son échec, de lui faire baisser le ton, courber l'échine, quand se présenterait une affaire à traiter en commun.

– Il faut que j'aie quelque chose à me mettre sous la dent pour le Conseil.

Le chef du gouvernement a déjà agité la sonnette d'alarme. Ne laissez pas pourrir cette affaire de chalutier canarien, mais il l'avait dit en passant, entre deux questions d'envergure, les négociations pour l'entrée dans le Marché commun et la mimique insolente de l'ambassadeur américain recevant la protestation portant sur les limitations yankees d'importation de chaussures espagnoles. Au Conseil, ce sera différent. L'autre fils de la grande pute va en profiter pour me mettre en difficulté devant monsieur le président, comme l'autre jour, à la réception de l'ambassade belge, quand je flirtais avec la fille aînée de l'ambassadeur, qu'il s'est approché d'elle et qu'il lui a dit :

– Comment pouvez-vous perdre votre temps avec notre ministre le plus âgé, alors qu'il y a quantité de jeunes ministres qui ne demandent qu'à vous faire plaisir.

Si un jour j'ai un accident, ils ouvriront sûrement mon portefeuille et ils trouveront mes instructions : « Ce n'est pas du sang que j'ai dans les veines, mais du whisky à l'eau. Attention pour les transfusions : je préfère le pur malt, dix ans d'âge minimum. A qui de droit. Juan Bettancort de Lys, Puerto de la Cruz, mars 1976. » Inutile de réactualiser la date. Ce qui était bon naguère était encore bon maintenant. Son foie avait résisté à un mauvais traitement prolongé, un jour ou deux par semaine, quand le ciel prenait une couleur de panse d'âne et qu'il lui stagnait un mauvais sang coupé d'eau dans les jointures du corps et qu'il devenait grossier avec les gens du bureau, même avec son associé. C'était signe que, ce soir-là, il rentrerait tard chez lui et boirait et traînerait avec des putains dans les bars du port à la poursuite d'un étranger à qui casser la figure, si on doit casser la figure à quelqu'un, autant que ce soit un étranger. Les barmen le connaissaient et lui servaient des whiskies à l'eau, sans arrière-pensée, cinq, dix, quinze, autant qu'il pouvait tenir, jusqu'à ce qu'un signal intérieur le prévienne qu'il avait sa dose, et il se traînait jusqu'à sa Mercedes qui le reconduisait chez lui comme un cheval dressé par un conducteur ivre. Mais la nuit est encore longue, même si l'alcool intérieur s'agite dans son corps comme un liquide contenu et rageur et si son costume et sa peau sont devenus mous.

– La petite pute qui venait de La Palma n'est pas là ce soir ?

– La Palmera ? Ça fait des jours que je ne l'ai pas vue.

– Tu parles de vaches qu'il y a par ici.

La saison touristique est loin de battre son plein, ça se voit, il n'y a que les grosses veuves mal opérées des varices qui sont de sortie, ce soir, se dit-il, et il rit, mais personne pour partager les éclats de rire qu'il se décerne, accoudé au comptoir du *Gipsy Bar*.

– Allez voir dans les jardins. Des fois, il y a des occasionnelles qui sont encore mieux.

– Tu me le jures ?

– Monsieur ! Je les ai vues !

Il lui a dit ça pour s'en débarrasser, pour qu'il ne se remette pas à provoquer un type, comme la semaine dernière, après, le parterre était couvert de bouteilles cassées et d'éclaboussures de sang séché. L'homme titube vers la porte mais, avant d'y arriver, il se retourne pour défier les rares clients qui le regardent d'oser le prendre pour un homme saoul. Il porte une main à sa braguette et de l'autre main les menace :

– Ça c'est une paire de couilles. Qui dit mieux ?

Personne ne dit mieux, il tourne le dos avec mépris et gagne la rue où l'attend une bouffée de serein qui sent l'océan en hiver, ou peut-être n'est-ce pas une question d'odeur, mais de consistance : l'air salin d'hiver est plus mouvant, c'est un gaz plus léger et piquant qui entrerait dans le nez comme un intrus sans scrupules.

– Eh toi ! Ma poule ! Oui, toi, ma poule !

La femme est trop loin pour l'entendre et il redouble le pas au milieu de la chaussée, en direction de l'océan domestiqué par les ponts et les canaux qu'a tracés la fantaisie de César Manrique. Fugitive ou sourde, la femme poursuit son chemin vers les jardins avec un claquement de talons assuré, comme si elle cherchait quelque chose de précis dans ce paysage de belle désolation, dans ce dédale de jardins qu'elle partage avec quelques couples se livrant à des contacts furtifs, ponctués par l'assaut périodique, assourdi, de l'océan. L'homme, son costume de manager bousillé par sa cuite, ne voit même pas ce paysage ludique, il est pris par la chasse. La femme a de beaux cheveux blonds et un dos prometteur. Il se place quelques mètres derrière elle.

– Chérie. Qu'est-ce que tu dirais d'un peu de *mojo* piment.

Il chantonne la chanson *Mojo piment*, essaye de voir derrière le rideau des cheveux et passe un bras autour des épaules de la blonde.

– Tu ne veux pas passer une nuit inoubliable avec moi ?

Elle se retourne et repousse le bras qui s'appuie sur ses épaules. C'est un travesti manifeste avec une expression féroce sur le visage.

– Excusez-moi... je ne... je ne me rendais pas compte... enfin, je ne veux pas.

Il ne peut continuer. Dans la main du travesti apparaît un couteau qui s'enfonce dans son ventre et livre son visage à des grimaces de surprise, à la douleur et à la mort.

Une nouvelle aube. A nouveau, les chalutiers arrivent, non plus dans l'inertie du geste répété, mais une certaine inquiétude collective qui, vue de près, se transforme même en visages pris de panique.

– Je l'ai vu comme si je voyais ton bateau.

– Et moi aussi.

– Vous avez eu des visions.

Plus qu'une discussion, c'est une bagarre dialectique entre sourds qui se noue. Le cercle des pêcheurs s'élargit, s'ouvre pour laisser passer un homme aux cheveux blancs qui, d'un pas lourd et l'air préoccupé, s'en détache et se dirige vers le bâtiment de la Direction maritime. L'officier qui a transmis la disparition du *María Asunción* le reçoit, retranché, dirait-on, derrière son bureau.

– Comment va, Roque ?

– Mal, très mal.

L'homme se laisse tomber sur une chaise et il y a un mélange de fatigue et d'ahurissement sur son visage.

– Mal ? La pêche ?

– Mal, tout. Si nous n'étions pas un bon nombre à l'avoir vu, je croirais que nous avons eu des visions.

– Qu'est-ce que vous avez vu ?

Le vieux se frotte la barbe et regarde l'officier avec une certaine malice.

– Nous avons vu le *María Asunción*.

– Il dérivait ?

– Non.

Le vieil homme fait une pause pour que l'officier le laisse parler et expliquer les détails de l'affaire.

– Nous étions à environ cent milles de la côte, il y avait de la brume, épaisse. Je ne sais pas si c'est à cause de ce qui est arrivé au *María Asunción* ou à cause d'autre chose, en tout cas, je n'étais pas tranquille et tout à coup, au milieu de la brume, on a vu les feux d'un navire qui venait sur nous. On lui a fait les signaux réglementaires pour ne pas qu'il nous aborde, à mesure qu'il s'approchait, j'étais moins inquiet parce que je voyais qu'il gardait une bonne distance. Il allait passer à bâbord et voilà que quelqu'un de chez nous a crié : « C'est le *María Asunción* ! » Après, d'autres aussi ont crié. Et les autres bateaux qui étaient autour de nous ont commencé à donner de la corne de brume. J'ai regardé autant que j'ai pu, je vous jure, et c'était bien le *María Asunción*, mais c'était comme un bateau sans équipage, pas une âme. Il était piloté, c'est certain, sinon il nous aurait abordés, moi ou un autre.

Devant les yeux de l'officier est passée l'image du bateau fantôme éclairé et, succédant à la vision, de nouveau le visage inquiet du patron.

– Vous leur avez fait des signaux?

– Nous en avons fait.

– Vous avez essayé de les joindre par radio?

– Nous n'avons pas arrêté. On a parlé en plus avec les autres bateaux, et tous ceux qui étaient le long du couloir par lequel est passé le *María Asunción* l'ont reconnu.

– Peut-être qu'il y avait un équipage et que vous ne l'avez pas vu à cause de la brume.

– Un équipage? Qui? Quel intérêt aurait un équipage perdu à ne pas répondre aux signaux?

L'officier réfléchit, hoche la tête et tend un journal au patron.

– Vous le connaissiez?

En première page du journal, le visage de l'homme assassiné à Puerto de la Cruz.

– C'est l'associé de don Gabriel, l'armateur du *María Asunción.* Qui l'a tué?

– Où est le *María Asunción*?

Les deux hommes se regardent, désarçonnés, conscients de vivre une histoire qui les dépasse.

De retour dans le quartier des pêcheurs, Roque passe de groupe en groupe, groupes où se concocte l'histoire de la réapparition fantasmagorique du *María Asunción.* Lui parviennent des nouvelles de parents qui ont perdu connaissance tant ils ont été impressionnés par le récit, et même ceux qui ont vu le bateau fantôme en parlent comme s'il était passé à deux doigts de leur nez ébahi.

– J'ai eu l'impression de voir Narciso Tejeira, celui de la María, et je lui ai crié : Narciso ! Qu'est-ce que tu fous ? Mais il regardait un point fixe, très pâle, très pâle. Mais je crois qu'il m'a très bien reconnu et qu'il faisait semblant.

– Qu'est-ce que tu racontes, tu étais dans la réserve quand on l'a vu !

– Mais non, Roque, mais non. J'étais remonté.

– Arrête de raconter tes salades aux gens.

Roque était si indigné des exagérations qu'il entendait au passage qu'il accordait de moins en moins de crédit à son propre souvenir. C'est pourquoi, quand la police lui demanda de répéter ce qu'il avait vu pour prendre sa déposition, il prit son temps pour coudre une histoire, qu'il émailla de doutes : il m'a semblé, j'ai cru voir, je ne suis pas sûr, dans des moments pareils, il y en a qui bourrent le crâne aux autres et à la fin on en arrive à voir ce qu'on n'a pas vu.

– Mais alors, qu'est-ce que vous avez vu ?

– Quelque chose qui ressemblait à un bateau.

– Ce secteur est rempli de bateaux. C'était le *María Asunción* ?

– Il lui ressemblait beaucoup.

– Tous les bateaux de pêche se ressemblent. La visibilité était bonne ?

– Non. Très mauvaise et très étrange.

– Mauvaise, je comprends, mais étrange ? Qu'est-ce que ça veut dire, une visibilité étrange ?

– Etrange, voilà tout.

Ils lui dirent de partir sans ménagements. Ils

attendaient de lui une affirmation ou une négation et il leur avait livré toute la confusion de son cerveau. Mais aussitôt sorti de l'interrogatoire, Roque réunit les fragments du puzzle et les pièces composaient la scène exacte de son souvenir. C'était le *María Asunción*. Maintenant, il le voyait en toute clarté. La vue se familiarise avec les bateaux qui travaillent dans la même zone et, sur le *María Asunción*, avait navigué un frère de Roque pendant cinq ou six ans.

– Si tu l'as vu, moi aussi je l'ai vu, Roque. Si tu ne l'as pas vu, moi non plus. C'est toi le patron, tu es le maître à bord.

– Laissez-moi me remettre la tête sur les épaules, bordel, entre tous, j'ai l'impression qu'on me l'a foutue dans la poche.

Autour de lui, les habitués du bar de Claudio, un ancien patron-pêcheur qui a dû quitter la mer parce qu'un câble de remorquage lui a un jour coupé la jambe jusqu'à l'os.

– Voyons si je suis capable de raconter tout haut ce que j'ai vu et d'y croire moi-même.

– On était partis depuis sept heures et la mer était calme. Nous nous dirigions vers le cap Bojador et nous voyions la pointe de Maspalomas de Gran Canaria et c'est alors que...

Il se tait trop longtemps pour le potentiel de patience des amis du bar. L'étranger qui entrerait ici s'étonnerait de voir toute la clientèle réunie autour d'un conteur devant le comptoir. Même le propriétaire, derrière, a suspendu son train-train de lavage de verres et reste planté comme une statue de sel, une lavette à la main. Roque continue à dévider son histoire.

– Et alors la mer a commencé à bouillir, oui, comme à bouillir, comme s'il y avait un volcan en dessous. Et dans la brume, le bateau qui avance vers nous. Attention, il fonce sur nous! j'ai crié au Josema. Et on lui faisait des signaux avec les feux et la sirène, on avait déjà préparé les fusées quand le *María Asunción* a changé de route et est passé à côté de nous, cap au nord.

Le vieux patron parcourt du regard les visages ahuris.

– Personne à bord. Pas un chat.

Ils attendent tous, hébétés.

– Et quand il a eu fini de passer et que nous n'avons plus vu que la poupe, la brume s'est levée, et il n'y a plus eu qu'un jour clair, le jour le plus dégagé de l'année et...

De nouveau, passage en revue de l'attente générale.

– L'océan s'est arrêté de bouillir. Il est resté comme ça.

Le ton de la voix descendu jusqu'au murmure, il montre la paume de sa main. La tranquillité supposée de l'océan s'est emparée des consciences, puis quelqu'un ose un raclement de gorge ironique et rompt l'enchantement.

– Maintenant, entre nous, Roque. Combien de verres d'anis vous étiez-vous envoyés derrière la cravate?

– J'avais bu un verre de liqueur du curé après déjeuner et ce n'est pas ça qui monte à la tête, c'est un digestif.

– Il y a du rhum dedans, et le rhum monte à la tête.

– Merde, je sais bien ce que j'ai bu, non? Et les autres, alors?

– Vrai ou faux, réalité ou imagination, je ne mets plus les pieds sur un bateau. S'il faut se battre aussi avec des fantômes, à l'heure qu'il est! Un coup c'est les Maures, un coup le Polisario, maintenant les fantômes.

Roque sortit de la taverne suivi d'une escorte silencieuse. Il faut faire quelque chose. La pêche est foutue si ça continue. Pour peu que l'histoire circule, les femmes vont nous boucler à double tour à la maison. Est-ce que je pouvais faire autrement? Me taire? Et les autres?

– Les autres en débitent plus que toi, Roque. Il paraît que des gémissements sortaient du *María Asunción* et qu'après son passage, il a été englouti dans un puits qui s'est ouvert dans l'océan.

– Il faut faire quelque chose.

C'est exactement ce que dit, aussi, à des milliers de kilomètres de là, le chef du gouvernement quand ni le ministre des Affaires extérieures ni le ministre de l'Agriculture et des Pêches ne purent lui apporter, à propos du *María Asunción,* la moindre explication satisfaisante.

– La seule chose à faire pour l'instant, c'est de ratisser tous les renseignements possibles sur toute la côte africaine, attendre et voir venir dans l'assurance que donne le travail bien fait.

Et ce qu'il attendait arriva. Le ministre de l'Economie chaussa ses petites lunettes sophistiquées d'apothicaire et dit, comme pour lui-même :

– A cette allure-là, on retrouvera plus vite le *Titanic* que le *María Asunción.*

L'avion s'était posé sur l'aéroport de Santa Cruz et, noyé dans l'inondation de couples de jeunes mariés et de groupes de touristes péninsulaires prêts à se remplir les poches de transistors et de montres, Carvalho, plongé dans ses pensées, marchait sur la piste en direction du bâtiment central. Ils étaient attendus par une pépinière humaine hérissée de noms de personnes, d'hôtels et d'agences de voyage, et Carvalho lut une à une les pancartes tendues vers eux jusqu'à ce qu'il eût trouvé la sienne. « Carballo. »

– Avec un *v* et *lh*.

Ce fut la première chose qu'il dit aux deux jeunes types qui tenaient la pancarte.

– *L* et *h*, c'est quoi, un nom catalan ?

– Galicien, mais d'origine portugaise, parce que, en galicien, on ne trouve pas le *lh* correspondant au double *l* castillan.

Les deux garçons lui adressèrent le coup d'œil respectueux qu'aurait mérité un linguiste. Ils sortirent de l'aérogare pour monter dans une fourgonnette. Carvalho en parcourut l'intérieur du regard et respira plusieurs fois profondément.

– Ça sent le poisson.

– Nous sommes pêcheurs.

– C'est une fourgonnette de l'Association.

Carvalho regarda avec scepticisme les deux jeunes gars qui le conduisaient à destination, mais finit par demander :

– Qu'est-ce qu'on peut manger ici, et où ?

Ils n'avaient que de l'effarement à lui offrir.

– De tout, partout.

– Je veux dire, des choses du pays, par exemple du *mojo*.

– Vous en trouverez partout.

– Partout, murmura Carvalho comme se parlant à soi-même. Et un bon plat de *caracaja* ou de chien de mer en *mojo* au coriandre ?

Les deux jeunes gars se regardaient, encore plus déconcertés.

– Qu'est-ce que c'est que ça?

– De la cuisine canarienne.

Moues dubitatives des deux garçons, et le plus hardi remarqua :

– Ici, on mange normalement, monsieur. Comme à Paris ou à Valladolid.

– Il me reste toujours la possibilité de manger de la cuisine canarienne à Paris ou à Valladolid. Vous n'avez jamais goûté non plus le porc sorcier?

– Je demanderai à ma mère, peut-être qu'elle...

– Mais, vous, qu'est-ce que vous mangez?

– C'est selon.

– Le porc sorcier est une préparation à base de viande coupée en tranches avec des pommes de terre, du jus de citron, de l'ail écrasé, le tout saisi par de l'huile bouillante qu'on verse dessus.

– Vous avez vécu aux Canaries?

– Non, mais j'ai travaillé au Venezuela avec un Canarien qui voulait ouvrir un restaurant quand il prendrait sa retraite.

– Eh bien, le porc sorcier, jamais entendu parler, et toi?

– Moi, sorti du hamburger, je suis perdu.

Qu'est-ce que ce serait si on était dans l'O.T.A.N., se dit Carvalho. Le jour où on rentre dans l'O.T.A.N., la première chose qu'ils installeront, ce seront des oléoducs de ketchup et de moutarde.

– Je suppose que je ne suis pas venu jusqu'ici pour vous faire un exposé sur la cuisine régionale.

– A l'Association, ils vous expliqueront tout ce que vous devez savoir.

Les yeux de Carvalho prenaient possession du paysage subtropical, la promesse lointaine de la vallée de l'Orotava et le Teide avec sa neige amidonnée.

– Qu'est-ce que vous en pensez, vous, de ce bateau?

– Un peu de tout.

– C'est quoi, ce tout?

Ils se mirent à rire.

– Des fois, on se dit que les types boivent trop, par ici, et qu'ils ont des visions.

Mais le rire s'interrompit brusquement.

– D'autres fois, on se taperait la tête contre les murs parce que c'est des amis, des proches qui ont disparu sur le *María Asunción*...

– Des parents à vous?

– Mon plus jeune frère. C'était son premier voyage.

Et le plus brun et le plus sérieux des deux garçons se mit à pleurer.

Le bout de route que lui ont fait faire les deux jeunes gars aboutit au siège de l'Association des pêcheurs et dans une grande salle où se trouve réunie la junte. Mélange de petits armateurs et de patrons, et, au nom d'eux tous, parle un vétéran qui dit s'appeler Roque quand il se présente à lui. Et c'est lui qui fait les présentations entre Carvalho et les hommes; finalement, chacun s'assoit et, la rumeur décroissant, le vieux peut parler. Carvalho écoute avec un apparent recul mais il écoute, et son attention s'aiguise quand le vieux marin se met à parler de nouvelles apparitions du *María Asunción*.

– C'était peut-être une hallucination collective la première fois. Mais qui s'est répétée trois fois et qui a créé un tel état de tension que pour chaque pêcheur, aujourd'hui, partir en mer, c'est un drame familial. Les familles leur fichent encore plus la trouille, comme si, déjà, ils n'avaient pas assez la trouille. Je ne crois pas aux choses inexplicables et la meilleure solution, ce serait d'aborder le bateau fantôme et de voir ce qu'il a dans le ventre. Mais personne n'ose le faire et, à la Direction des affaires maritimes, ils nous répondent que pour mobiliser un garde-côte, il leur faut autre chose que des contes de fées ou de sorcières. Mais ce n'est pas à des fées ou à des sorcières qu'on a affaire ici. En plus, il y a l'assassinat d'un des armateurs du *María Asunción*.

– Et vous dites que le bateau a l'air vide quand il passe ?

Regards avertis d'un secret partagé.

– Au début. Maintenant, c'est pire – une pause est offerte à l'assemblée, et l'orateur continue. Maintenant, il y a des silhouettes d'hommes penchés sur les bords. Immobiles. Comme en cire. Dans la brume. Ils ne répondent jamais à nos appels. C'est encore plus terrifiant. Au vu de tout ça, nous avons décidé de vous charger de cette affaire. Quelqu'un nous a parlé de vous. Plus précisément, un représentant qui va beaucoup à Barcelone et à qui quelqu'un d'autre a parlé de votre compétence. Nous avons pris la décision de vous engager. L'Association des pêcheurs au complet. Nous réglons cette affaire ou nous coulons. Le gros temps, on fait avec, les saloperies que nous font les Maures ou le gouvernement, on s'en arrange. Mais les fantômes, on ne sait pas par quel bout les prendre.

Comme si un pouvoir occulte essayait de rendre fous les hommes de mer. Voilà la sensation dont l'officier des Affaires maritimes lui fait part, après avoir vaincu ses réticences de règle à s'ouvrir à un privé aussi douteux que Carvalho. Roque, à côté de lui, approuve. Quelqu'un veut nous virer de l'océan, comme si on le gênait.

– Par où on commence?

– Par quelques pommes de terre ridées au *mojo*. Où peut-on manger de la cuisine canarienne?

– Moi, je mange chez moi, et il me semble que je mange de la cuisine canarienne, si le cœur vous en dit?

– Merci beaucoup, mais j'ai envie d'un restaurant.

– Essayez la Caseta de Madera, ils ont du bon poisson du coin, la *sama*, la *vieja*, et ils ont des *mojos*. Les restaurants ne font guère de cuisine canarienne. Il y en a beaucoup qui sont tenus par des étrangers. Les gens oublient leur cuisine. Quand j'étais petit, on mangeait même de la *sarda*.

– Qu'est-ce que c'est?

– Un genre de requin. Les eaux sont très riches par ici, on a des eaux froides et des eaux chaudes, selon les courants. Certains poissons sont particuliers à nos îles, comme la *sama* ou la *vieja*, que nous appelons aussi poisson perroquet. Et puis on trouve du thon, du maquereau, de la bonite, de l'albacore, du *barilote*, du *peto*...

– Arrêtez, mon vieux, vous me mettez l'eau à la bouche.

Il réussit à se faire faire de ces petites pommes de terre cuites dans leur peau qu'on appelle « ridées » et à goûter les sauces aux légumes qui sont le fond de la cuisine canarienne : le *mojo* piment et le *mojo* coriandre; quant aux poissons, il y avait de la *vieja* grillée, mais pas de *samas*; les vins et les fromages canariens qu'avait notés Carvalho dans son agenda étaient aussi dans la mémoire du maître d'hôtel, mais pas dans les choix qu'il offrait. Pour Carvalho, ce fut un symptôme parmi d'autres que les îles perdaient la conscience d'elles-mêmes. Un peuple qui ne boit pas son vin et ne mange pas son fromage a un gros problème d'identité.

Malgré tout, le repas fut excellent et Carvalho médita un plan d'action à l'ombre des volutes d'un Condal numéro six. Il disposait, d'un côté, d'un bateau peuplé de fantômes et, de l'autre, d'un armateur assassiné.

Il fallait choisir entre les fantômes et les morts et il lui sembla que les morts étaient tout de même un peu plus tangibles.

Le deuil va bien à la femme brune qui soigne dans le détail l'exposition d'objets et de tableaux. Elle prend du recul pour vérifier que tout est en place, et se retourne, surprise et inquiète quand elle entend le bruit de la porte de la galerie qui s'ouvre et voit Carvalho entrer et s'approcher d'elle. Le détective est encore loin d'elle qu'elle lui dit d'une voix forte :

– C'est fermé. Vous n'avez pas vu la pancarte?

– Je l'ai vue, dit Carvalho de loin, et il continue à avancer.

La femme s'approche d'un bureau et entrouvre un tiroir dans lequel il n'y a qu'un petit pistolet noir charbon. Sa main s'approche du pistolet tandis que Carvalho avance toujours.

– Madame Bettancort?

– Oui.

Carvalho, de là où il est, voit la main à demi cachée et sourit, rassurant.

– N'ayez pas peur. Je viens de la part de l'Association des pêcheurs. Je suis détective privé.

– Ah? Ça existe vraiment? Je croyais que ça n'existait que dans les films.

– Nous sommes quelques-uns à être graciés, à la fin du film, et à être autorisés à sortir de l'écran.

– Je vous écoute.

Mais la main est toujours glissée dans le tiroir.

– Avant tout, fermez ce tiroir et essayez de ne pas vous coincer la main dedans.

Elle ferme le tiroir avec précipitation.

– Excusez-moi. Mais depuis que mon mari..., explique-t-elle tandis que Carvalho lui met sous les yeux sa carte professionnelle. Maintenant, comme dans les films, je devrais vous demander : « Police? », et vous me répondriez : « Privé. » De quel film m'avez-vous dit que vous sortiez? Ou de quel roman?

– D'aucun roman. Je ne lis plus de livres depuis l'invasion de Prague par les Soviétiques. On m'a plutôt laissé sortir d'un film. Par exemple, *La nuit bouge*, vous avez aimé?

– Je ne m'en souviens pas.

– Il y a des idoles aztèques au milieu et deux femmes d'une demi-tonne très bien répartie, Susan Clark et une blonde avec une poitrine lourde et tombante merveilleuse.

– Je ne remarque pas les poitrines des dames. La vedette masculine?

– Gene Hackman.

– Maintenant, je me rappelle. Vous êtes Gene Hackman?

– Je le suis si vous le croyez.

Carvalho est expert en veuves. Il a rencontré beaucoup de veuves au cours de sa carrière et il les a classées en catégories : la veuve troyenne, prête à se jeter du haut des créneaux en clamant le nom de son mari; la veuve joyeuse, qui valse déjà avec les fossoyeurs; la veuve digne, qui mâche sa douleur dans un tel tonnerre de dents que tout le monde remarque qu'elle en éprouve une et qu'elle la retient; la veuve de cinéma, qui interprète le rôle de la veuve qu'elle a vu dans tel ou tel film ou la synthèse des différentes veuves cinématographiques qui lui ont plu. Particulièrement gênantes, ces dernières, surtout si elles font dans le style Actor's Studio, elles soumettent alors les personnes qui les accompagnent ou le simple témoin à une colique de contorsions corporelles et mentales, tout en portant la conversation vers des sujets apparemment en contrepoint. Une fois, une veuve de l'Actor's Studio d'Almacellas, province de Lérida, lui avait expliqué en se tordant la colonne vertébrale et les mains toute la deuxième mi-temps du match Lérida-Tarrega, parce que son fils y était milieu de terrain. Mme Bettancort n'était ni une veuve troyenne, ni une veuve joyeuse, ni une veuve digne, ni une veuve de cinéma. C'était une veuve indifférente, consciente de survivre dans un corps qui méritait d'être regardé : aussi bien vêtu que dénudé. Je suppose.

Manger à Puerto de la Cruz, le complexe touristique conçu par César Manrique, a ses avantages : toute frustration du palais est largement compensée par la vue. Puerto de la Cruz, à ses pieds, avec les bananeraies de la vallée d'Orotova derrière lui et le Teide, solennel, appartenant au ciel plus qu'à la terre. Elle observait la curiosité et l'appétit que met Carvalho dans l'action de manger.

– Vous ne connaissiez pas la cuisine canarienne?

– Presque pas.

– Que dites-vous du *sancocho*?

– Primitif, mais excellent.

– Il faut le commander. Ici, on ne sait plus apprécier ce qui nous appartient. Un jour, je vous ferai du poisson à l'orange. Mais c'est un plat qu'on ne fait bien qu'à la maison, en prenant son temps. Remarquez, maintenant, j'ai du temps.

Elle est devenue mélancolique, elle racle le bord de son assiette, sans appétit. Carvalho lui prend la fourchette des doigts, y met de la nourriture et la porte jusqu'à sa bouche.

– Les veuves qui ne mangent pas ne ressuscitent pas leur mari et, en plus, elles meurent aussi. Le grand avantage d'être veuve, c'est que le mort, c'est l'autre.

Elle reste déconcertée. Elle ne sait pas si elle doit prendre ce que dit Carvalho comme une provocation. C'en est bien une, et Carvalho, tout en lui tendant la fourchette chargée de nourriture, lui sourit et lui dit :

– Tout le monde sait que votre mari, paix à son âme, était un sale type.

En disant « sale type », Carvalho lui sourit encore plus franchement, comme s'il lui offrait ces mots par amabilité; de son côté elle est de plus en plus surprise, mais peu à peu son expression prend un autre tour et son sourire fait table rase de toute possibilité d'irritation. Elle accepte la fourchette, qui semble se planter entre ses jolies lèvres et y rester plus de temps que nécessaire, et quand Carvalho retire la fourchette comme s'il l'extrayait d'une blessure, elle finit de mâcher, avale et admet :

– Vous avez raison, c'était un sale type.

– Et d'après ce qu'on m'a dit, il ne s'occupait pas beaucoup de vous.

– Ça remonte à loin, presque au lendemain de notre mariage, je pourrais dire. Je croyais avoir épousé l'homme le plus solide du monde, mais c'était un adolescent bourré de terreurs physiques et psychologiques. Il avait peur de moi, physiquement et psychologiquement. Et cette peur a fini par m'empêcher de vivre. J'en suis même venue à croire que c'était de ma faute, que je faisais peur aux gens.

– Vous avez essayé de changer de partenaire?

– Pas souvent, mais j'ai essayé.

– Ils avaient peur de vous?

– Dans cette île, et dans les milieux que je fréquente, une femme adultère fait peur.

– Autrement dit, votre vie n'a pas été marrante tous les jours. Est-ce que vous voulez dire que votre mari était impuissant?

– C'était un trouillard sexuel, c'est pour ça qu'il aimait aller voir les putes et sortir avec des femmes qui n'en voulaient qu'à son fric et qui lui donnaient en retour l'impression qu'il était un mâle, qu'il était viril. Un adolescent. Pire qu'un adolescent, un gosse.

– Un sale type, un gosse... drôle de portrait-robot du mort. Vous ressentiez encore quelque chose pour lui?

– Quand il était normal, il m'était indifférent, mais quand il rentrait ivre, il me dégoûtait.

– Il était mal barré, ce garçon.

Elle lui a offert de retourner à Santa Cruz ou de faire un tour rapide, en touriste. La boutique peut attendre, elle a mis la pancarte « Fermé » et ici personne ne s'en étonne. Ne dites-vous pas, sur la Péninsule, que nous autres, gens des îles, nous sommes indolents, « embananés », c'est bien le mot, non? Créoles embananés? Bienheureuse embananitude, celle de ces éternels touristes qui veulent vivre sans se presser sur des îles où il n'y a pas de saisons, et où le temps n'accepte de vous donner que le clair-obscur du jour et de la nuit.

Eux aussi se promènent sur le Puerto de la Cruz avec la lenteur de gens qui ont toute la vie devant eux.

– Vous aimez?

– C'est curieux.

– C'est l'œuvre de César Manrique, un peintre d'ici qui vit à Lanzarote, il a une belle maison sur la falaise.

– J'ai dû la voir à la télé.

– C'est là.

La veuve s'est arrêtée au point exact où l'armateur a été assassiné.

– C'est une mort qui ne m'étonne plus après l'aimable description que vous m'avez faite du personnage. Vous étiez à l'enterrement.

– J'étais à l'enterrement.

– Pour vous assurer qu'il ne ressusciterait pas?

– N'allez pas trop loin.

Les cartes postales ont raison. Carvalho le vérifie quand la voiture qu'elle conduit leur permet d'abord de traverser la vallée d'Orotava, ensuite de faire en partie l'ascension du Teide jusqu'à un point de vue propice. La grandeur de ce qu'il voit le saisit et le gêne. Il est émerveillé et en même temps dérangé par tout ce déballage de nature qui excède son économie d'attentes et de désirs.

– Les îles Fortunées.

– C'est vous, les Goths, les gens de la Péninsule, qui le dites, mais elles n'ont rien de Fortunées. Nous sommes espagnols, mais nous avons tous les problèmes que nous cause notre situation loin de l'Espagne et aucun avantage.

– Vous êtes séparatiste?

– Non, mais il faut bien dire ce qui est.

– Votre mari faisait de la politique?

Un éclat de rire cambre le corps petit de cette jeune femme petite, un petit corps dans lequel rien ne paraît petit.

– C'était juste un viveur.

– Infantile, sale type, viveur. Je préfère ne pas imaginer les qualificatifs que vous tenez en réserve. Je suis sûr que si nous continuions à nous voir quelque temps, de cette charmante petite bouche sortiraient des épithètes interdites aux mineurs.

– Je trouve que c'est suffisant : infantile, sale type, viveur. Le résultat d'une mauvaise éducation. La famille de mon mari était et est toujours très puissante et il était trop gâté. Dans notre île, les voitures de sport n'étonnent personne, elles sont données par rapport aux prix pratiqués en Espagne, mais les voitures de sport de Juanito Bettancort étaient les plus chères, les plus belles sur la place. Il ne sortait pas un article sur la bonne société, dans les journaux, sans qu'on y voie Juan avec son sourire de champion de natation en technicolor.

– Il était champion de natation?

– Il l'avait été.

– Au moins, c'est quelque chose de positif. Il nageait quoi?

Elle porte la main à sa bouche pour contenir son rire.

– Papillon.

– C'est ce que je craignais.

Un jeune dieu des îles, créole blond, avec un sourire de vainqueur et une Porsche en or et diamant tous les deux ans. Mais non, il ne l'avait pas laissée dans une situation financière très bonne. Il avait gaspillé tout le patrimoine familial, encore heureux qu'elle eût ses propres ressources. Vous êtes surpris? Pas du tout. Si, si, vous avez eu l'air surpris. Dans nos îles, il y a une caste qui est dominante et nous nous marions entre nous. Vous parlez comme une sociologue. Je suis licenciée de littérature hispanique de l'université de La Laguna. J'avais remarqué, à la richesse de votre vocabulaire. Et chaque fois qu'il pince des yeux ses seins libres et parfaits qui essaient de corrompre son chemisier de soie de leur frôlement tiède pour qu'il les laisse sortir, elle accompagne son regard, comme si elle le surveillait ou le stimulait.

– Vous avez des préjugés sexuels contre les péninsulaires ou les Goths, comme vous les appelez?

– Je ne sais pas encore si vous êtes un péninsulaire ou un Goth. Un Goth est un animal prédateur. Je n'aime pas les Goths.

– Franchement. Vous avez été surprise par la mort de votre mari?

– Non.

– Pourquoi?

– Parce qu'il fallait que ça arrive un jour ou l'autre. Il ne se couchait jamais avant quatre ou cinq heures du matin et chaque soir il rentrait avec un parfum différent.

Pause pour hésiter sur l'emploi des mots qu'elle emploie finalement.

– Un parfum pour chaque pute, pour chaque nuit. Sans compter les maîtresses de jour. Il courait derrière tout ce qui portait une jupe. Il fallait qu'il se prouve à lui-même qu'il était un homme.

– Dans ce cas, l'assassin pourrait aussi bien être le prince de Galles habillé en Ecossais.

Elle rit de la plaisanterie et regarde vers le Teide.

– Vous aimez les volcans sous la neige?

– C'est une question ou une métaphore?

– Juan était un volcan sous la neige, mais sans la dignité du Teide. Il était déprimé, tout foutait le camp. Il était armateur et la pêche ne rapportait pas beaucoup, mais il avait d'autres affaires, je ne sais pas quoi, de tout. Sur cette île, il ne se faisait pas une arnaque, arnaque légale, s'entend, sans qu'il soit dedans.

– C'était sain, comme affaire, la flottille de votre mari et de son associé ?

– Beaucoup de problèmes. Surtout depuis qu'il devient difficile de travailler sur la côte du Sahara espagnol. Ils se rattrapaient avec les bateaux qui font la pêche au thon, ils remontaient jusqu'aux bancs qui passent le détroit. Ça vous paraît peut-être normal, élémentaire. Mais il y en a qui tueraient pour moins que ça. La pêche ! Les gens s'imaginent qu'il suffit de prendre une canne, une ligne et d'attendre que ça morde pendant des heures en regardant la mer. La pêche, c'est une affaire qui touche des milliards, qui remue des intérêts de toute sorte.

– Si vous deviez donner un conseil à un privé qui enquête sur la disparition d'un bateau et sur le meurtre de votre mari, qu'est-ce que vous lui diriez ? Par où je commence ? Par le meurtre ? Par le bateau ?

– Commencez par l'homme, et il vous conduira au bateau.

Carvalho la regarde. Elle a dit ces mots avec une certaine emphase. Elle regarde l'horizon, l'ovale exact de son visage souligné par le vent décidé à emporter avec lui sa chevelure noire. Carvalho l'aide à garder ses cheveux en en saisissant une poignée à pleins doigts.

– Que savez-vous ?

– Rien et trop.

Et elle repousse sa main. Doucement.

– C'est comme parler de corde dans la maison d'un pendu.

Le patron de la boîte pèse deux cents kilos tout habillé et cent quatre-vingts écorché vif. La différence est davantage à mettre sur le compte de l'abondance de bijoux que de la légèreté de la chemise fleurie et de la mince veste de lin blanc qui l'habillent. Chaque fois que Carvalho s'est promené avec le nom de Juan Bettancort de Lys dans les différents bars, discothèques et boîtes du port, à cinq étoiles ou à cinq punaises, la réponse a été la même, bien que peu nombreux soient ceux qui ont su démontrer une capacité de métaphore aussi riche que celle du gros qui ressemble à un étalage de bijoux ringards.

– C'était un danger public quand il était saoul parce qu'il tapait sur la gueule au premier venu. Et quand il était à jeun, il n'était pas moins dangereux parce qu'il ne se souvenait plus de rien, en particulier de payer l'addition. On le tolérait parce que c'était un Bettancort de Lys, une famille d'armateurs et de négociants de tabac.

– A propos de tabac. Où est-ce que je peux trouver un paquet de palmeros faits à la main?

– Ça se fait rare. Il y a de moins en moins de francs-tireurs du cigare; mais vous savez où vous mettez les pieds, c'est ce qu'on peut fumer de meilleur aujourd'hui.

Il a la nuit devant lui et une étrange oppression à partir de la taille vers le bas, celle que laisse une attente sexuelle déçue, réactivée périodiquement par le souvenir du corps libre de Natalia dans son chemisier de soie ou par l'expression prometteuse de son visage, cette veuve qui inaugurait une nouvelle catégorie classificatoire dans son bestiaire de survivants : veuve type Teide, volcan enneigé, un volcan qui aurait envie de se mettre de la neige sur le front. Dans un night-club, on lui dit que don Juan était un monsieur, mais le propriétaire lui parut être un imbécile, raison pour laquelle il nota avec des points d'interrogation la première bonne opinion qui lui était donnée sur le cadavre.

– Pourquoi on l'a tué? Les affaires, le jupon. Allez savoir. Don Juan aimait les putes, on ne peut pas dire le contraire.

Don Juan aimait les putes. Où étaient les putes qui avaient couché avec lui? Peu d'indications précises. Mais on l'avait vu fréquemment avec Noelia *la Palmera*.

Carvalho évolue dans la nuit touristique de Tenerife. Il se promène à travers les lumières, parle avec les gens, avec les habitants de la nuit. Noelia la Palmera?

– Une ardoise de deux cent mille pesetas.

– La Palmera?

Le propriétaire érodé d'un bar américain cligne de l'œil, et ajoute de sa voix alcoolisée :

– Non, mon vieux, non, don Juan Bettancort. Deux cent mille pesetas de whisky, une paille. Rien qu'ici. Après, il y a encore des milliers de bars. Et sa veuve m'a dit que, si je voulais être payé, je pouvais toujours attendre de le rencontrer au paradis. Sa veuve. Vous la connaissez? – de nouveau un clin d'œil. Une sacrée veuve. Eh bien, ce sale mec allait tous les soirs avec une autre. Et un petit appartement pour celle-ci, et un petit appartement pour celle-là. Un fils de famille.

Cireurs de chaussures, tapineuses. Une tapineuse.

– Dernièrement, ses affaires allaient mal, et puis après, de nouveau bien. Il changeait d'un jour sur l'autre. Mais il se faisait du souci. Noelia, il y a longtemps que je ne l'ai pas vue. Un sacré bout de temps, des jours.

Encore plus de nuit, encore plus de faune nocturne, puis une certaine insomnie, les yeux au plafond de la chambre d'hôtel. Insomnie et réflexion que tranchent dans le vif un appel téléphonique et la surprise d'une voix de femme qui n'est pas celle de Natalia.

– Je crois que vous m'avez cherchée toute la soirée. Je suis Noelia la Palmera. Pourquoi voulez-vous me voir?

– J'ai besoin d'un renseignement.

– Payé?

– Pourquoi pas?

– Où? Quand?

– C'est possible maintenant?

– C'est possible.

– Je vous attends à l'hôtel *Mencey*, chambre 634.

L'appel a été fait de l'hôtel lui-même ou de ses abords, parce que la Palmera ne tarde pas à frapper et à s'emparer de la chambre avec son corps plein de plis et son visage de Canaque retirée de la pêche des perles par un peintre belge.

– Très joli. On parle d'abord et après on fait l'amour ou on fait l'amour et on parle après?

– Je vois que j'ai affaire à une fille qui a beaucoup de conversation.

– C'est ma spécialité. Mes clients m'adorent parce que je les laisse parler et après c'est moi qui parle et je suis sincère, je n'arrête pas de parler si je sens que c'est pour leur bien.

– Qu'est-ce que tu lui disais, à Juan Bettancort?

– Je lui conseillais de compter jusqu'à cent avant de faire quoi que ce soit. Juanito était trop impulsif. Compte d'abord jusqu'à cent, compte toujours jusqu'à cent.

– Ce n'était pas une mauvaise idée.

– Tu es sûr que tu ne veux pas baiser avant? Regarde un peu mes nénés. Ils sont à toi si tu veux.

– Merci beaucoup, mais je ne saurais pas où les mettre. Je n'ai pris qu'une petite valise.

La Palmera rit de bon cœur.

– Le patron du *Concorde* m'a dit que tu me cherchais, celui du *Machu-Picchu* aussi, celui du *Gipsy* aussi. Dis donc, tu vas user mon nom à force de le seriner partout. On m'a conseillé de me mettre au vert pendant quelques jours. Ça ne sent pas bon ces derniers temps et on savait que Juanito était un de mes clients préférés.

– Qui te l'a conseillé?

– Beaucoup de gens.

– La police?

– Pas seulement la police.

– Et maintenant on t'a conseillé de me rendre visite.

– Je viens parce qu'il m'est revenu aux oreilles de mille endroits à la fois que tu cherchais à me voir. Dis, chéri. Si on ne baise pas, mon temps n'est pas gratuit.

– Tu prends combien pour ton temps?

– Il y en a qui donnent cinq mille, et d'autres dix mille.

– Je suis de ceux à cinq mille. Surtout pour parler. Il me semble que c'est bien payé.

– D'avance, mon amour, ce n'est pas la confiance qui règne, en ce moment.

Elle prit le fric et parla. Pour elle, Juan avait été sa propre victime. On ne peut pas défier le sort sans arrêt. Des bagarres et des bonnes femmes sans scrupules qui, un jour, vous entraînent dans un guet-apens et vous tirent votre pognon, comme ça s'est passé pour lui, car le cadavre était ratissé quand on l'a trouvé, pas un rond, plus une carte de crédit.

– Je ne suis pas très rassurée parce que tout le monde savait que Juan en pinçait pour moi, c'est pour ça que j'ai écouté don Gabriel quand il m'a dit de me faire oublier pendant quelques jours.

– Qui est don Gabriel?

– L'associé de Juan.

– Ils partageaient autre chose que leur affaire?

Triomphalement, elle lève les mains jusqu'à ses hanches bien rembourrées.

– Regarde-moi ça, il y a de quoi partager, mon chéri. Mais surtout, avec don Gabriel, je parlais, nous nous donnions des conseils sur la meilleure manière d'agir avec Juan. Juanito était un grand enfant.

Et le lendemain, un bureau à mi-chemin du confort, un bureau qui avait été à son apogée vingt ans auparavant, un bureau fait sur mesure pour un homme d'une quarantaine d'années qui semble, à sa manière d'ordonner une tâche à la secrétaire, de répondre au téléphone, suivre le travail de près.

– Je vois que vous êtes très occupé. Je suppose que toute la charge de travail de votre associé vous est retombée sur les épaules.

L'homme sourit avec ironie.

– Le travail qu'il faisait et le travail qu'il ne faisait pas. En théorie, il s'occupait des relations publiques, mais il préférait les relations privées. Je suis l'associé qui n'a pas de chance.

Un appel téléphonique. Gravité du visage.

– Je comprends. Oui. J'y vais dès que je peux. Appelez le gouverneur.

Il raccroche et soupire.

– Il fallait s'y attendre.

– Que se passe-t-il?

– La flottille a refusé de sortir. Les gens ont peur. Ce bateau, le *María Asunción*, les terrorise. C'est fini. Il vaut mieux jeter l'éponge. J'ai gardé tout ça par sentiment. C'est une affaire familiale dont nous avons hérité, aussi bien Bettancort que moi, mais nous ne pouvons plus continuer. Depuis que j'ai fini mes études, je n'ai pas bougé de ce bureau. J'en ai marre.

– Mais la pêche au thon, ça marche bien, non?

Cela se lit sur son visage, l'associé n'est pas seulement fatigué, il est sur le qui-vive. Il murmure d'une voix sale :

– Pas mal, mais ça pourrait être mieux, pourquoi?

Carvalho a détecté le changement dans le ton de la voix et il réfléchit, pour dire finalement :

– Pourquoi raconte-t-on que vous êtes les meilleurs pour la pêche au thon?

– C'est notre spécialité depuis des temps immémoriaux. Nous connaissons les routes des bancs et nous y avons adapté l'équipement d'une partie de la flottille.

– Le *María Asunción* fait partie des thoniers?

– Non. Il était avec les bateaux qui vont vers la côte du Sahara et qui restent dans les eaux froides des îles plus occidentales.

– Qui a intérêt à semer la panique parmi les pêcheurs?

– La réponse est élémentaire. Quelqu'un qui ne veut pas qu'ils pêchent.

– Une autre flotte de pêche?

– Qui sait? Les Canaries sont devenues un échiquier où jouent l'espionnage, la contrebande, la stratégie politique. Il y a plus de sous-marins que de pêcheurs, par ici. Les Russes, les Américains, les Arabes, ils ne nous lâchent pas, et les Goths qui ne voient rien.

– C'est la deuxième fois que j'entends ce mot-là. Qui sont les Goths?

– Vous. Ceux de la Péninsule. Ceux qui ont tourné le dos aux îles et les ont laissées se démerder sans autre atout que le climat.

– De quoi s'occupait votre associé?

– Je vous l'ai déjà dit. Des relations publiques. En théorie, bien sûr. Le travail n'était pas son fort.

– Et pourquoi l'a-t-on tué?

– Pas pour le travail, je ne crois pas. J'attribuerais plutôt sa mort à sa flemmardise. Il n'est pas mort à cause de ses relations publiques, mais de ses relations privées.

– Vous utilisiez la Palmera comme indicatrice?

– C'est un bien grand mot. Je préférais être au courant pour éviter les catastrophes. Voilà tout. Je n'ai pas eu de chance avec mon associé.

– C'est vous qui êtes allé trouver la Palmera ou c'est elle qui est venue vers vous?

– J'aime mieux prévenir que guérir.

Nouvelle entrée de Carvalho dans la galerie. Cette fois, il est accueilli par un sourire. Il porte un sac en plastique à la main et jette un regard vers le bureau.

– Vous n'ouvrez pas le tiroir?

– Je ne sais pas ce que je dois faire. Que me conseillez-vous?

– On ne peut faire confiance à personne. Je suis venu vous inviter à dîner.

– Très aimable. Où?

– Chez vous.

– Chez moi?

La surprise cède la place à la malice sur le visage de la femme.

– Très personnel, votre système de drague.

– Je n'ai pas à me plaindre. Mais ne vous méprenez pas. J'ai besoin de me mettre en cuisine. Je suis loin de chez moi. Je ne peux pas demander à l'hôtel qu'on me laisse faire ma popote. Vous êtes la seule femme que je connaisse sur cette île qui possède une cuisine.

La surprise a réapparu sur son visage.

– Je vous préviens que je suis un excellent cuisinier.

Elle dit oui, mais elle n'est pas encore revenue de sa surprise.

– Et que j'ai acheté des *viejas* pour faire un essai.

Elle ne réagit toujours pas.

– Je vais faire un plat catalan avec du poisson canarien. Vous avez entendu parler du *suquet* de la Costa Brava? Non? Ce soir, vous allez en goûter, fait avec ce noble, vétéran, honorable poisson que vous appelez ici « *vieja* ».

Carvalho fait revenir des petits crabes puis les retire pour en faire, à part, un court-bouillon. Dans la même huile, il met des gousses d'ail pelées, de la tomate, de l'oignon, du sel, du poivre et quand tout est bien revenu, il ajoute des pommes de terre coupées en tranches d'un demi-centimètre d'épaisseur et le court-bouillon préparé avec les crabes. Quand les pommes de terre sont cuites, il dépose les *viejas* dans le bouillon pour qu'elles y cuisent juste à point et s'imprègnent des saveurs de la préparation et du parfum des petits crabes; encore un hachis d'ail et de persil, et à table. Elle a sorti un vin blanc de Tacoronte, pour qu'il ne puisse pas dire qu'il n'a pas bu de vin canarien, mais elle a dans son arrière-cuisine du sancerre, au cas où Carvalho n'aimerait pas le vin indigène. Mais il l'aime, parce qu'il n'y a rien de plus réconfortant que de boire et de manger ce que produisent les quatre horizons qui vous entourent.

– Vous n'abandonnez votre cynisme que quand vous parlez cuisine.

– C'est le seul savoir innocent que je connaisse. Tout autre savoir est dangereux.

– ... Gabriel, l'associé de Juan? Je le connais à peine, dit Natalia. C'est un homme très réservé, l'antithèse de Juan. Il est marié avec une femme très embananée, celle-là, c'est vrai qu'elle ressemble à une banane, ne riez pas. C'est une femme longue et jaune, comme une banane.

– Vous n'aimez pas. Je vois que vous ne mangez pas.

– Je mange très lentement. Jamais beaucoup.

Elle avait l'impression que Juan avait rendu service à Gabriel dans la première étape, parce qu'un Bettancort de Lys pouvait ouvrir beaucoup de portes à un homme qui n'avait pas tant de liens avec le patriciat de l'île. Mais l'inconsistance et le manque de sérieux de Juan avaient creusé un fossé.

– Ils étaient en faillite.

– Pour ce qui est de Juan, oui. Pour Gabriel, je n'en suis pas si sûre.

– S'ils étaient associés et que les affaires allaient mal, elles allaient mal pour tous les deux.

Natalia hausse les épaules.

– Tout ce que je sais, c'est que Gabriel est un homme en pleine expansion, même si cette affaire-là ne marchait pas. Juan, lui, était au bord du gouffre et sa famille ne lui donnait plus un sou.

– Et vous?

– Pas une peseta. Il m'en avait déjà escroqué assez.

Carvalho finit son assiette et elle mange avec son manque d'appétit habituel, mais participe volontiers au rituel communicationnel du dîner et répond aux questions que lui pose Carvalho.

– Il y a deux *mojos* fondamentaux, le rouge et le vert. Ensuite, les *mojos* changent selon les herbes qu'on y met. C'est une sauce froide qu'on utilise en accompagnement, généralement avec des poissons pochés ou des pommes de terre fripées.

– Ça s'utilise comme tout ce qui est piquant sous les Tropiques. Pour exciter les sucs gastriques et ouvrir l'appétit. Sinon, avec le climat, les gens n'auraient jamais faim. Comme toi.

Elle paraît surprise qu'il la tutoie et lui dise qu'elle n'a jamais faim.

– Mais je mange beaucoup.

Et elle fait comme si elle avait la bouche pleine.

– Et je suis très grosse.

Et elle se regarde elle-même comme si elle était très grosse, et en levant les yeux elle se heurte aux yeux de Carvalho qui parcourent ses formes avec une autre intention. Elle croise les bras devant ses seins et les appuie sur la table. Carvalho lui dit sans la regarder :

– J'ai de grands projets. Je commencerai par la fin. Demain, si tu veux, tu pourrais être mon guide à Lanzarote. Je veux voir cette île. C'est une idée fixe depuis mon enfance.

– Et la galerie?
– Fermée pour congé. J'ai les billets d'avion.
– Très persuasif. Tu as commencé par la fin. Quoi d'autre?
– Maintenant, tu pourrais me remercier de cet excellent dîner que j'ai fait pour toi.
– Comment?
Sans quitter sa chaise, Carvalho penche la tête pour la mettre à sa hauteur, prend ses lèvres avec les siennes et ils se donnent un baiser long, lent, extasié, leurs corps couchés sur les assiettes, tant et si bien qu'un de ses seins rentre dans le bol de *mojo* piment. Quand ils se retirent, elle a le feu aux joues et Carvalho regarde son décolleté. Il tend une main vers le sein qui a trempé dans la sauce. Elle s'en aperçoit et essaye de le nettoyer avec la serviette.
– Laisse, c'est une spécialité canarienne.
Et Carvalho se lève pour aller vers la femme qui l'attend.

Ils ne furent pas autre chose : un couple normal, banal, qui a douze heures à passer à Lanzarote, à bord d'une petite jeep qu'empoussière la joie de l'aventure. Un parcours conventionnel dans le parc des volcans, sur des sables d'une géologie insultante, les bananeraies du nord et l'observatoire vers l'île Graciosa, ou la grotte des Verdes à Los Jameos, et le prétendu souterrain, conventionnel lui aussi, allant jusqu'à l'océan qu'empruntaient les Guanches, le peuple originel des Canaries, et les tics du guide, et la routine du comportement des touristes conventionnels. Par moments, des bouffées de tendresse, deux mains qui se serrent, un baiser, et, soudain, justement à l'observatoire de Graciosa, de la panique dans ses yeux qui voient un homme mince, anguleux, apparemment penché vers le point de vue, comme vaincu par le spectacle infini de l'Atlantique. Carvalho cherche à voir d'où vient cette panique.

– Qu'est-ce que tu as?

Elle détourne la tête et dit Rien, d'un mouvement. Il continue à observer l'homme mince qui s'éloigne. Elle saisit le bras de Carvalho d'une main frénétique.

– Partons. Tout de suite.

– Qu'est-ce qu'il t'arrive?

– Je suis fatiguée.

Silence tout le reste du voyage. Le climat psychologique a changé. Carvalho la raccompagne de l'aéroport chez elle. Il monte avec elle. Elle essaie de ne pas lui montrer son visage. Carvalho s'assoit. Elle reste debout.

– Je crois qu'il vaudrait mieux pour nous deux que tu me dises ce qu'il se passe.

– Je me suis trompée. J'ai eu peur. Je me suis souvenue de quelqu'un que je ne voulais pas voir.

– Il y a autre chose.

– Rien d'autre.

Sa voix s'est crispée.

– Ce n'est pas tout.

Elle se retourne, hors d'elle.

– Ne me complique pas la vie! Mon ordure de mari me l'a assez compliquée comme ça! Toi, tu t'en iras d'ici et moi je resterai. Et je devrai faire face toute seule à ce que ce sale con a enclenché.

– Ne crie pas. Dis-moi tout à voix normale et lentement. J'essaierai de t'aider.

Il y a du fatalisme sur son visage quand elle s'écroule et sanglote, et repousse le secours moral de l'homme qui est là pour courir se réfugier aux toilettes. Carvalho attend patiemment en se promenant dans l'appartement, picorant dans le réfrigérateur. Buvant un verre de whisky. Elle revient enfin. Elle a essayé de réparer avec de l'eau froide les effets des pleurs. Elle va vers la porte de la rue, l'ouvre et demande à Carvalho de partir.

– Il s'appelle Guedes. Il était en rapport avec mon mari, des rapports pas très bons. Tu peux commencer par là, c'est tout ce que je peux te dire. C'est un tueur. Je ne te dirai plus rien.

Carvalho lui obéit, en passant près d'elle il l'embrasse doucement.

– Tu ne veux pas que je reste avec toi?

– Non, je t'en prie. Pas ce soir.

Carvalho monte la garde au coin de sa maison. Il n'a pas à attendre longtemps. Quelques minutes plus tard, elle sort par la grande porte avec une valise à la main, sa sortie coïncide avec l'arrivée d'un radio-taxi. Elle regarde à droite et à gauche et monte dans le taxi. Carvalho n'a pas eu le temps d'intervenir, mais rien ne l'empêche de suivre le taxi sur la route qu'il prend pour sortir de Santa Cruz et se diriger sans hésiter vers l'aéroport. Carvalho rattrape du retard pendant qu'elle descend et paye sans se presser. Il doit ensuite courir pour se mettre à sa hauteur au moment où elle arrive au comptoir de vente et demande un billet.

– Où vas-tu?

Elle étouffe un cri et se retourne. Elle ne répond pas et se penche en avant pour qu'il n'entende pas ce qu'elle dit à l'employée. Le billet est une réalité quelques secondes plus tard. Elle regarde l'heure et le tableau des départs. Elle ne dit toujours rien.

– Tu as si peur que ça? Pourquoi ne préviens-tu pas la police?

– Elle arrivera une demi-heure trop tard, quand ce sera inutile. Je ne voulais pas savoir, tu comprends ? Mais il était saoul, il ne se retenait plus et il faisait de l'exhibitionnisme avec ses manigances. La présence de cet homme à Lanzarote était un avertissement et je m'en vais. Je reviendrai quand ce sera possible.

Elle lui prend la main.

– Je n'ai rien fait contre toi.

– Je sais. Au contraire. C'est moi qui ai mauvaise conscience. Je t'ai compliqué la vie.

Elle dit non avec la tête. Elle a les larmes aux yeux quand elle lui dit au revoir.

– Tu sais que tu peux revenir quand tu veux, quand tout ça sera fini.

– J'ai été si bien traité que je reviendrai.

De nouveau, de l'affolement sur son visage, elle se retourne brusquement et part en courant vers l'embarquement. L'homme mince est là, cherchant quelqu'un, comme s'il n'avait pas encore trouvé l'objet de sa recherche. Carvalho se place hors de sa vue. C'est lui maintenant qui suit l'homme qui le suit et va vers le comptoir de vente et bavarde avec l'employée. L'homme a l'air contrarié, revient sur ses pas, sort de l'aéroport, se dirige vers le parking. Carvalho l'attend derrière une voiture et quand il arrive à sa hauteur, vient se placer devant lui une cigarette à la main.

– Vous avez du feu ?

Une fraction de seconde pour que l'homme réalise ce qui se passe, et que Carvalho met à profit pour prendre l'initiative et lui infliger un dur traitement à l'estomac et au foie avec deux coups de karaté. L'homme réagit trop tard, il essaie de frapper mais les coups ont produit leur effet et il tombe. Carvalho court se cacher pour observer l'homme tombé à terre. Celui-ci réagit lentement. Il se relève. Il secoue la tête, étourdi. Il regarde de tous côtés et se dirige vers une voiture, la met en marche, sort de l'aéroport. La voiture de Carvalho le suit.

Le jour se lève lorsque les deux voitures parviennent à destination. En passant près du village de Los Silos, un panneau routier a aidé Carvalho à se situer au nord-ouest de l'île. L'homme qu'il suit prend un chemin de terre et rentre dans une propriété privée. Au bout du chemin, l'attend la typique maison canarienne posée sur une falaise. La voiture s'arrête. Carvalho cache la sienne sous les arbres de l'allée d'accès à la propriété et s'approche de la maison. C'est un peu plus qu'une villa particulière. On le remarque à la présence de quatre ou cinq hommes, détendus mais unis par quelque chose qui n'est ni leur lieu de travail ni un lien familial. Ils ne surveillent pas non plus. Ils attendent. Carvalho parcourt les abords de la maison et s'arrête devant la fenêtre d'un salon décoré de souvenirs de voyages africains. Un couple de Scandinaves, apparemment, d'âge moyen, discute avec l'homme qu'il a suivi. Carvalho pousse doucement la fenêtre pour entendre ce qu'ils se disent.

– Et vous n'avez pas pu savoir où elle allait?

– Une question de secondes. Mais elle n'a pu prendre que le Fès-Paris.

– Elle peut débarquer à Fès et prendre un autre avion.

– Le type qui était avec elle à Lanzarote m'a agressé.

– Le détective?

– Détective, mon cul. Il m'a eu par surprise. Il ne perd rien pour attendre, il va comprendre sa douleur si je l'attrape.

– Evitez de vous faire remarquer. La police aimerait beaucoup vous mettre la main dessus et prouver que vous vous êtes farci l'autre sangsue. Nous sommes sur le point d'aboutir et ce serait dommage de tout faire rater maintenant.

La femme s'approche de la fenêtre et la referme. Carvalho attend, tapi près d'une haie, que l'homme qu'il a suivi soit parti, puis il refait le tour de la maison et s'arrête devant une fenêtre située au ras du sol et qui donne dans une grande cave. Il s'arrête parce que la cave n'est pas vide, mais pleine au contraire. Une vingtaine d'hommes environ se tiennent dans un local presque entièrement occupé par des couchettes. Carvalho cligne des paupières, mais il a bien vu. Les vingt hommes sont ce qu'on fait de plus ressemblant à des Chinois.

Carvalho marche avec précaution vers sa voiture, mais au moment où il va y monter, une voix résonne dans son dos.

– Vous avez perdu quelque chose?

Les deux Scandinaves le regardent en souriant, pas du tout inquiets ou ennuyés, en apparence.

– Excusez-moi. Je cherchais à descendre jusqu'à la côte pour pêcher et j'ai pris ce chemin, finalement je vois que c'est un chemin privé.

– C'est écrit à l'entrée.

– Je n'ai pas vu. Vous pourriez m'indiquer le chemin qui descend jusqu'à l'océan?

– On ne pêche pas beaucoup sur cette côte. Les pêcheurs préfèrent aller à Callao Salvaje ou à Punta Salema.

– Je suis à la plage des Amériques, justement, et je n'ai pas eu l'impression que c'était le meilleur endroit.

– Pourtant si.
– Vous êtes les propriétaires?
– C'est exact.
– Je vous ai dérangés, excusez-moi.
– Vous êtes tout excusé, mais il vaudrait mieux ne plus vous perdre. C'est un endroit très isolé, nous avons des gardiens et une erreur est vite arrivée.
– J'en suis sûr. Merci. Merci encore.

Les Scandinaves prennent congé d'une inclinaison de tête et un sourire aimable. Carvalho démarre et s'en va. Quand il estime qu'il a suffisamment tourné en rond, il reprend la direction de la villa, tourne dans un sentier et camoufle sa voiture sous les ronces, après un coude que fait le chemin. Il grimpe pour trouver une butte dominant la maison : dans la cour, le couple discute avec un visiteur inattendu, Gabriel, l'associé de Juan. Il n'a pas perdu sa prestance d'homme tranquille, mais ses bras n'arrêtent pas de s'agiter sous le coup de l'excitation, en opposition avec la lenteur gestuelle de ses hôtes. Ils essaient de le persuader de quelque chose ou de le détromper sur quelque chose, mais il ne se laisse pas convaincre, et bien qu'il y ait de la retenue dans sa façon de prendre congé, la raideur de son salut prouve qu'il n'y a pas eu accord entre eux. L'associé malchanceux va jusqu'à sa voiture et le couple le laisse partir sans se troubler, mais aussitôt qu'ils l'ont perdu de vue, ils appellent deux hommes qui montent dans une jeep et partent à la poursuite de la voiture. Carvalho pressent que l'associé malchanceux pourrait bien avoir des ennuis et il se demande s'il doit aller le prévenir ou rester là où il est pour voir ce qui va se passer. On me paie pour élucider les disparitions de bateaux, pas les disparitions d'associés malchanceux. Et il reste à son poste de vigie, regardant le calme apparent de la maison, d'où rien ne lui parvient que l'aboiement de chiens invisibles ou le bruit de tracteurs travaillant sur des terrasses cultivées cachées par la maison. Il entend une violente explosion vers l'ouest, du côté où la montagne tombe à pic dans la mer, en laissant juste la place aux tournants d'une route escarpée, et il s'éloigne de l'endroit où il est pour un angle lui permettant d'apercevoir la cause de l'explosion. Quelque chose brûle au pied de l'abîme pressenti, mais il ne peut pas voir ce que c'est et il se contente de regarder la colonne de fumée noire qui tranche dans la continuité du ciel et de la mer. Il retourne à son poste d'observation au moment où lui arrive le bruit encore lointain d'un camion qui tarde à apparaître et à boucler son parcours jusqu'à la cour de la maison des Scandinaves. De la cabine descendent deux hommes, ils ouvrent l'arrière du camion sans rien décharger, mais, de son observatoire, Carvalho ne peut pas savoir s'il y a quelque chose à décharger. Ils rentrent dans la maison, qui a décidément un gosier immense capable de tout avaler.

Sur ces entrefaites, le soir tombe, et Carvalho se reproche de perdre son temps, se fixe des délais pour partir, qu'il ne tient pas, comme s'il s'en voulait d'avoir gâché son temps et son intelligence pour rien. Mais il suffit que la nuit soit tout à fait noire pour qu'en bas s'ouvre une porte latérale et commence à en sortir une procession d'hommes, reliés les uns aux autres par le fil de la nuit, qui vont à pas silencieux vers l'arrière ouvert du camion dans lequel ils montent, pour disparaître aussi silencieusement qu'ils sont apparus hors de la maison qui semblait endormie. Carvalho court pour prendre sa voiture avant que le camion ait trop d'avance sur lui, et se poste, tous feux éteints, dans un chemin de terre où il attend que le camion traverse son horizon, il le laisse prendre de la distance et puis le suit. Le camion s'engage sur la route secondaire qui conduit à la falaise, remonte une côte, prend ensuite une descente raide vers l'océan. Ils se rapprochent de l'endroit où semblait avoir eu lieu l'explosion et d'où est montée la colonne de fumée, et le pressentiment de Carvalho prend corps, sous la forme crépusculaire d'une voiture brûlée accrochée aux ultimes rochers qui la séparent de la mer.

– Un associé malchanceux, murmure Carvalho, et ces mots résonnent comme un requiem.

Pour la première fois, il perçoit des signaux intérieurs de danger, des avis que l'affaire est trop grosse pour lui, pour le privé qu'il est, qu'elle dépasse largement ce qu'il va toucher en contrepartie, mais qu'est-ce que je serais et où j'en serais si je n'avais pas la curiosité qui me pousse au train? Soudain, un rayon de lune entre les nuages laisse entrevoir le bout de la route et l'endroit vers lequel se dirige le camion : un cul-de-sac, près d'une avancée de rochers dans la mer qui forme un port naturel et, à l'ancre dans le port, un bateau de pêche tous feux éteints et apparemment toute vie aussi. Carvalho arrête sa voiture, la laisse à sa taciturnité de machine et commence à descendre à pied par des lits de torrents asséchés qui déboulent jusqu'au bas de la pente. Il se poste à dix mètres de la fin logique de l'expédition, protégé par les cactus et les agaves, mais surtout par les hésitations d'une lune, cette nuit-là, paresseuse.

Rien ne bouge sur le bateau, dans l'attente du mouvement que ne manqueront pas de produire les hommes transportés dans le camion qui s'est engagé dans une difficile descente par un lit de torrent. Mais quand il s'avère que le camion est sur le point d'atteindre son objectif, une lumière s'allume sur le pont et des êtres obscurs s'y affairent et lancent à la mer deux canots pneumatiques équipés de moteurs hors-bord qui touchent les rochers, presque en même temps que les guides de la colonne humaine qui a commencé à se couler hors du camion. Un des hommes qui attendent leur tour pour embarquer va du côté où est planqué Carvalho et pisse tout en levant la tête vers la lune. Il reçoit, en échange, un coup savant à la base du crâne qui l'étend pour le compte, après quoi Carvalho traîne son corps jusqu'à sa cachette. Il s'assure que c'est un des Asiatiques qu'il a aperçus dans le sous-sol de la grande maison. Il le déshabille et met ses vêtements : une marinière avec des cordons sur la poitrine, un jean, un bonnet qui l'aidera à dissimuler son visage. Mais ce qui se passe sur la plage sert ses plans.

Les hommes s'enduisent le visage d'une substance blanche phosphorescente. Carvalho demande sa ration et fait comme eux. Il embarque ensuite avec les autres dans les canots pneumatiques et ils partent tous vers le bateau. La silhouette d'un chalutier se précise et, du canot, il voit grandir la plaque : « *María Asunción* ». Du bord tombent des échelles de pilote et les embarcations viennent s'accoter aux flancs du navire pour permettre aux hommes de s'agripper aux échelles et de monter sur le pont. Les mouvements se font avec la précision d'une action souvent répétée. Carvalho reçoit des ordres dans une langue qu'il ne comprend pas et il voit la plupart des nouveaux arrivants soit prendre en passant des boîtes en fer noires, soit se ranger le long des bords pour attendre la suite des opérations. Le *María Asunción* prend la mer et le capitaine, de son poste de commandement, scrute l'horizon. Il lance un ordre, toujours dans la même langue, et les hommes qui ont une boîte en main l'ouvrent et la jettent à l'eau ; alors, l'océan est saisi d'étranges bouillonnements colorés et un brouillard jaune devient un filtre de l'horizon où commencent à s'insinuer les bateaux de la flottille de pêche. Sur les chalutiers, l'apparition du *María Asunción* est accueillie avec des signes de croix, de l'épouvante, de l'hystérie, des imprécations envers le patron ou l'armateur qui nous a foutus dans ce merdier. L'agitation sur les bateaux de pêche s'oppose au calme, à la lenteur robotisée du *María Asunción*. Les hommes se sont placés près des bords pour être vus, et ne bougent pas un muscle. Carvalho a pu se rapprocher du capitaine. C'est un impressionnant Asiatique, granitique, le visage couvert de cicatrices. Carvalho cherche la cabine du radio et finit par la trouver. Il se remémore de vieux savoirs pour commencer la transmission et quand sur son visage se dessine la preuve qu'enfin il tient le bon bout, c'est un rictus de douleur qui efface l'impression première au moment où il reçoit un solide coup de matraque sur la tête, derrière laquelle se dresse le corps menaçant et contondant du capitaine.

Il est réveillé par le va-et-vient avec lequel l'océan assaille la chaloupe à moteur dans laquelle on le transborde. Il retrouve ses sens peu à peu et voit que le *María Asunción* est ancré à une distance prudente de la côte d'où il était parti. La chaloupe touche la plage et on le fait débarquer sous les bourrades. Il est traîné dans le camion et doit subir, à même le plancher, la rude ascension par le chemin-lit de torrent, sous le regard indéchiffrable des passagers asiatiques ; finalement l'arrêt du véhicule lui indique qu'ils sont arrivés à destination. Le pied posé sur ses fesses et qui maintenait son corps sur le sol se retire et Carvalho se lève, mais il ne recouvre pas le mouvement pour son propre compte. Une nouvelle fois, il est bousculé et il saute et tombe par terre dans le jardin.

Il est dans la propriété des Scandinaves et, le long d'un tunnel d'aube, on le fait entrer dans la maison et avancer jusqu'au salon rempli de souvenirs africains. Là se trouvent les hôtes et le capitaine aux cicatrices.

– Vous vous êtes encore perdu ? demande le Scandinave en ricanant.

– Je croyais que vous étiez pêcheur à la ligne, pas en haute mer.

– Je n'avais jamais vu autant de Chinois à la fois et je me suis dit, avec tous ces Chinois, un de plus, un de moins, quelle importance ? On se croirait dans un film de Fu Manchu.

– Ce ne sont pas des Chinois, mais des Japonais.

C'est le capitaine asiatique du *María Asunción* qui a parlé.

– Qu'est-ce qu'ils font ? Ils veulent s'emparer du secret de fabrication des bateaux de pêche ?

– Nous allons vous expliquer ce qui a déjà été fait. Je répète : qui a déjà été fait. Dans une heure, toutes les traces seront effacées et l'opération sera terminée. Vous avez une idée de ce que signifie le marché de la pêche ?

– Pour moi, la pêche est toujours quelque chose de sportif, d'amateur, d'olympique. C'est la relation entre un homme, une canne et un petit poisson plus ou moins malin.

– Emouvant. Une fable sur la solitude de l'homme intelligent, avec son instinct de survie, face à la nature, comme dans *Le Vieil Homme et la Mer*, de Hemingway.

– Je ne lis presque pas. Seulement mes factures et l'annuaire téléphonique.

Le Scandinave poursuivit.

– Nous avons mis des années à préparer cette opération. Il s'agissait de créer une certaine instabilité dans la zone et de profiter de la situation pour repérer les bancs, placer un petit émetteur sur un thon et le suivre, lui et le banc. A partir du moment où nous détections le trajet habituel de ce banc, il nous suffisait de l'attendre en un point précis de l'Atlantique, et de pêcher avant qu'il atteigne ces côtes. Ce n'est pas une conspiration de pêcheurs amateurs. C'est une opération de milliards de pesetas.

– On voit une petite boîte de thon et on ne pense pas à tout ce qu'il y a derrière.

– Les causes ultimes sont d'accès parfois difficile.

– Si je comprends bien, monsieur Bettancort a été tué parce qu'il en savait trop.

– Parce qu'il parlait trop.

– Et il vous a facilité le détournement du *María Asunción*. A ce propos, qu'avez-vous fait de l'équipage d'origine ?

– Il ne tardera pas à remonter à la surface.

– Vous n'y allez pas de main morte.

– C'est une opération multinationale, vous comprenez.

– Je comprends. Et l'associé de Bettancort?

– Au paradis. Il avait des scrupules au mauvais moment. On ne peut pas faire marche arrière.

– Et madame Bettancort?

– Elle sait ce qu'a pu lui raconter sa grande gueule de mari. Elle ne pourra pas en faire grand-chose. Nous possédons maintenant toutes les données dont nous avions besoin. Il ne nous reste plus qu'à effacer nos traces et à disparaître.

– Pourquoi me racontez-vous tout ça?

– Une petite satisfaction. Le plaisir de vous faire apprécier un coup de maître.

– Et vous allez filer comme ça, sous mon nez?

Le sourire de Carvalho est remplacé une nouvelle fois par la commotion de la douleur. A terre, il croit entendre une violente explosion et des allées et venues de gens pressés. Il se secoue et sort en titubant. Une fumée, nuage flottant sur la mer à la hauteur de la crique de débarquement. Carvalho progresse comme un fou dans le bois, il s'égare sur des chemins qui s'interrompent au bord de la falaise, enfin il en trouve un qui descend jusqu'à la crique. Le *María Asunción* a disparu sous le nuage blanc qui s'éloigne. Mais les vagues apportent et emportent des restes du naufrage. Carvalho se jette à l'eau, recueille des planches, il ne semble pas encore maître de ses actes, finalement il s'empare d'une planche sur laquelle on lit quelque chose. « *María Asunción* ». Tout ce qui reste d'un bateau définitivement rayé des cadres.

– Monsieur le président, bien que la façon dont cela s'est passé puisse sembler douloureuse, je ne cache pas une certaine satisfaction, avec toutes les réserves d'usage, à dire que l'affaire du *María Asunción* peut être considérée comme définitivement close. Les débris du naufrage qui ont été retrouvés nous mettent à l'abri de toute spéculation future, bien qu'il demeure certains aspects encore obscurs que la police, avec le temps, souvenez-vous de ma théorie du travail bien fait, parviendra à éclaircir.

– De quels aspects obscurs voulez-vous parler?

– La mort des deux armateurs du *María Asunción*. L'un a été assassiné et l'autre est tombé dans un ravin situé dans le secteur de la côte où ont été retrouvées les épaves.

– On a une explication qui tienne la route?

– Absolument. D'un côté, il s'agit d'un homme aux mœurs douteuses et la famille se montre très coopérante pour étouffer l'affaire, elle n'a aucun intérêt à voir le scandale grossir. Quant à la seconde victime, il semblerait que ce soit bien un accident, compréhensible étant donné l'état d'inquiétude dans lequel se trouvait la personne, après la disparition du navire et le brutal assassinat de son associé.

– Affaire classée?

– Disons affaire classée.

Le ministre de l'Economie avait levé la main et celui des Affaires extérieures ferma les yeux. Va te faire foutre. Ferme donc ta grande gueule de pédant insupportable. Mais il ne la ferma pas.

– Je crois savoir qu'il existe un rapport, présenté par l'Association des pêcheurs et fondé sur les résultats d'une enquête privée, qui est en désaccord avec vos conclusions.

– Excusez-moi, monsieur le président, mais ce n'est pas exact. Le rapport a été fabriqué par une partie de l'Association et il a été monté par un détective véreux, qui a trop lu ou trop été au cinéma au lieu de regarder la réalité en face. De toute façon, nous en tenons compte, et la police l'étudie de près, pour le cas où il y aurait lieu de...

– Assez perdu de temps. Ce n'est pas parce qu'un chalutier coule qu'il faut paralyser toute une flotte avec des questions et des problèmes.

Du même avis était le juge d'instruction qui soumettait Carvalho à ce qui serait sans doute son dernier interrogatoire.

– Comprenez que nous ne pouvons pas passer notre vie à nous coltiner ce mystère et que l'explication que vous donnez est rocambolesque. Nous avons fouillé l'île de fond en comble et nous n'avons pas trouvé ces Japonais en trop que vous dites avoir vus, quant à vos Scandinaves, les Larsen, ils sont indignés par vos insinuations. Ce sont de richissimes armateurs suédois qui descendent de quatre ou cinq générations d'armateurs et n'ont aucun besoin de se livrer à la piraterie. D'après les experts, le *María Asunción* a explosé à cause du mauvais fonctionnement d'une chaudière. Vous avez été payé pour votre enquête?

– Oui.

– Alors tout le monde est content, dans le malheur. Les familles pourront toucher les assurances, par exemple. Je ne vois pas la nécessité de vérifier quoi que ce soit, même si je ne ferme pas le dossier et que je garde votre rapport, au cas où.

– Et pour mon talent d'affabulation, vous avez une explication valable? Pourquoi aurais-je inventé toute cette histoire?

– Votre rapport est un fait. Je ne veux pas vous faire un procès d'intention. Mais tout ce que je vous ai dit correspond aussi aux faits.

La boutique de Natalia était toujours fermée. Il

n'avait sorti qu'une jambe et le haut du corps pour s'en assurer. Puis les deux garçons le ramenèrent à l'aéroport en silence. Il y avait un fond de réprobation dans leur silence. Ils appartenaient à la génération du hamburger, ils avaient horreur des complications et Carvalho leur avait compliqué les couleurs de l'océan.

PABLO ET VIRGINIA

Un chevrier avec des chèvres et dans la main autant de gourde qu'il a de soif dans la bouche. L'horizon est une vieille et grosse maison sur la falaise et un puits au premier plan; au fond, la mer, une mer d'hiver, embrumée, autant dire du verre opaque qui a perdu les transparences, les clartés de l'été. Le chevrier jette le seau contre le miroir noir de l'eau du puits et le remonte plein d'eau. Il regarde à droite et à gauche au cas où il y aurait des témoins de ce qu'il va faire et, comme il n'y en a pas, met la bouche directement dans l'eau du seau et boit avec avidité. Ensuite, il y plonge sa gourde et attend qu'elle se remplisse. Sa gourde à la main, il rôde autour de la maison et, tout à coup, reste en arrêt et tourne dans le vent son trop grand nez en une tentative de le humer dans sa totalité. Le visage de dégoût indique qu'il n'aime pas cet air-là. Il s'assure plusieurs fois de suite qu'il n'aime pas cet air-là et regarde par terre, pour voir si un animal mort n'est pas la cause d'une si étrange infection. Sa recherche le conduit au seuil même de la maison, apparemment abandonnée, mais dont la porte est fermée. Le chevrier hésite, ne sachant si retourner avec ses chèvres et laisser à l'air la responsabilité de la puanteur ou poursuivre sa recherche. Finalement, il crie :

– Dieu vous bénisse!

Et il frappe à la porte de la maison.

– Ohé! Il y a quelqu'un?

Et il recommence à frapper.

Fronçant le nez, le chevrier essaie d'ouvrir et y parvient, et au moment où la porte s'ouvre de part en part, la puanteur se jette sur lui et l'oblige à prendre dans sa poche un mouchoir qu'il met sur sa figure comme un masque à gaz. Il n'a pas à chercher longtemps dans la maison délabrée. Dans la cuisine, devant le foyer, deux corps sans vie, un homme et une femme, nus, ensanglantés, mutilés, et une mise en scène de candélabres, de brocarts pourpres, des symboles barbouillés avec du charbon ou du sang sur les murs qui rappellent les anciens signes ibériques, et enfin une formule terrible écrite avec du sang :

Vous ne ferez ni l'amour ni la guerre.

Jésus. Jésus. Jésus. Dit le chevrier avec les yeux et avec la bouche, et en s'approchant des cadavres il voit leurs sangs coagulés, leurs chairs pourries, et une nausée lui remonte du fond de l'estomac et de l'âme. Il lui faut courir en quête d'espace libre pour vider tout ce qu'il a dans l'estomac et dans l'âme.

– Cet endroit a été colonisé par les Madrilènes au vingtième siècle après Jésus-Christ.

Phrase prononcée par une femme blonde, proche de la quarantaine, bandante ou baisable, selon les goûts, en tenue d'artiste qui a les moyens et qui a décidé d'habiter au bord de la mer toute l'année. Elle regarde ce bout de rivage avec délectation, comme si elle s'en nourrissait.

– Les Américains et les Anglais ont découvert la Côte d'Azur dans les années vingt, à la même époque les Barcelonais commençaient à prendre possession de la Costa Brava et plus tard, ce sont les Madrilènes qui ont pris la côte ici. Vous aimez?

Son interlocuteur, c'est Carvalho, en blouson de commando et avec une certaine mauvaise grâce au bout des yeux.

– La mer est sale.

– Non. Ce n'est pas le mot juste. Je me souviens d'un vers de Carlos Barral sur la mer en hiver : « ...Quand la mer est du verre opaque. » Mais ici, l'hiver est court. Il y a un, comment dit-on? un microclimat, très doux. L'hiver est court. Malheureusement.

– Malheureusement?

– Oui, nous sommes payés en retour des mauvais jours de l'hiver, qui ne durent pas longtemps, par le plaisir de la solitude. En hiver, nous nous retrouvons à trois paumés, les apatrides comme je les appelle, et c'est délicieux : personne, pas d'enfants avec des seaux et des pelles...

– Les enfants d'aujourd'hui ont encore des seaux et des pelles?

– Mais oui, mon cher, mais oui.

Il y a une certaine énergie du geste chez cette femme quand, dans la voiture, elle passe la marche arrière. Energie du geste que Carvalho réduit à néant en s'arrêtant quelques instants pour regarder la mer, et pour entendre ce que lui dit la femme qui a déjà ouvert la portière de son côté.

– On y va? Le comité de sécurité doit nous attendre.

Carvalho se résigne et monte dans la voiture. Il observe et il est observé.

– Les gens sont impatients de vous connaître. Ici, il n'arrive jamais rien et nous passons notre temps à lire des romans policiers. Je me dis parfois qu'ils vous ont engagé autant pour vivre une aventure littéraire que pour résoudre une énigme.

– Pas de veine. Les romans policiers n'ont rien à voir avec la réalité du crime. La littérature consiste surtout à exagérer le réel. Les choses qui se passent n'ont pas beaucoup d'intérêt et les écrivains les grossissent pour repousser artificiellement les limites de l'imaginaire. C'est comme quelqu'un qui achèterait le double du tissu qu'il faut pour faire un costume et qui après utiliserait le tout. Le costume serait toujours trop grand.

– C'est presque une théorie littéraire. Vous avez fait de la critique?

– De quelle critique voulez-vous parler?

– De la critique littéraire.

– Je ne critique presque jamais personne, même pas moi. Quant à la critique littéraire, il y a un bail que je ne la fréquente plus. Les critiques sont encore plus parasites que les écrivains. A un travail improductif, ils ajoutent une réflexion improductive.

– Vous savez plus de choses que vous n'en avez l'air.

– J'ai suivi un cours de radiotechnique par correspondance et vous ne pouvez pas savoir combien ça vous forme un homme.

Carvalho se disait : elle est bandante. Mais il dit :

– C'est vous, la présidente du comité de sécurité qui m'a engagé?

– Non. Je ne suis présidente de rien du tout. Je m'occupe des relations publiques.

Un living de famille à l'aise, conçu par un architecte ami et par conséquent au fait du programme de vie d'intellectuels qui ont beaucoup de livres et besoin d'assez d'espace pour discuter et prendre des whiskies avec de la glace tout en apercevant, par les portes-fenêtres, les pins, la mer, la pleine lune entre des volumes blancs d'architecture méditerranéenne. Quatre ou cinq couples plus ou moins du même âge, même si l'un touche déjà les limites de la vieillesse et un autre, encore, celles de la première jeunesse. Les unissent le déguisement des intellectuels progressistes libérés des servitudes de l'horaire fixe, l'impeccabilité du sportswear d'hiver qui peut frôler le négligé, et la lourde clarté dans l'expression parlée des gens bien-pensants. En leur nom à tous parle un homme chauve, avec cette tendance à la prise de commandement verbale qu'ont les chauves sincères.

– Je ne sais pas si Dora vous a expliqué.

Dora, qui a accompagné Carvalho, acquiesce et prend la parole.

– Bien sûr que je lui ai expliqué. Je ne vois pas en quel honneur ce monsieur serait venu de Barcelone si je ne lui avais pas expliqué de quoi il s'agit.

Le chauve se racle la gorge, contrarié.

– Je voulais parler des détails.

– Qu'est-ce que c'est un détail, d'après toi?

– Dora, je n'ai pas envie de me disputer pour des questions de linguistique.

Le chauve, contrarié, se tourne vers Carvalho.

– Donc vous savez ce qu'il en est, non?

– Non. Il me semble que c'est ce dont il s'agit justement, de savoir ce qu'il en est.

Dora ne se résigne pas à ne plus avoir la parole et repart à l'attaque.

– Il ne serait pas inutile que je redise en public ce que j'ai déjà raconté à monsieur Carvalho, pour voir si je n'ai rien oublié.

Le chauve l'interrompt avec un sourire narquois.

– Quand tu dis *en public*, tu veux dire que tu veux faire ça devant un public de théâtre?

– Bon sang, Carlos, tu es insupportable aujourd'hui.

– Toi, au contraire, tu es insupportable en permanence.

– Monsieur Carvalho, vous avez dû comprendre que ce monsieur est mon mari.

– C'était évident.

Dora soupire avec résignation et commence son récit.

– Les deux jeunes, Pablo et Virginia, étaient installés ici depuis plus d'un an et demi. Leur arrivée a fait sensation dans la colonie d'hiver. La colonie d'hiver, c'est ce que vous voyez ici plus quelques couples âgés, des Belges ou des Hollandais que nous voyons le moins possible.

– Pourquoi ont-ils fait sensation?

Le plus vieux de ceux qui sont réunis là se met à rire.

– Parce qu'ils étaient jeunes et beaux à un point que c'en était insultant.

Dora est exaspérée par les interruptions.

– Je continue, oui ou non? Bon. Peut-être qu'ils ont fait sensation aussi parce qu'ils étaient habillés dans le genre oriental, avec beaucoup de choses indiennes. Ils nous ont raconté qu'ils avaient voyagé partout en Asie et qu'ils avaient fait de longs séjours au Népal et à Goa.

Le récit de Dora semble prendre vie et ils se souviennent d'une soirée, ils sont tous là, dans la maison du crime, autour des deux jeunes gens beaux et paisibles qui leur montrent leurs objets, les souvenirs qu'ils ont rapportés d'Asie. Dora parle, et c'est comme le commentaire en voix off d'une scène à laquelle ils croient tous assister.

– Ils étaient jeunes, doux, nouveaux. Surtout nouveaux. Nous adorons les gens nouveaux.

(Pablo est assis en tailleur, à l'indienne, et à côté de lui Virginia coiffe ses cheveux ébouriffés. Ils portent des tuniques orientales et s'adressent à un public fourni qui les regarde plus qu'il ne les écoute.

– Il faut vraiment aller à Goa. C'est un lieu différent des autres villes d'Asie qui ont un intérêt monumental, ou culturel, ou social. Goa est un coin du monde, un cul-de-sac où s'achève, où pourrit, où meurt la colonisation portugaise, comme la forêt finit un jour par recouvrir les monuments.

Quelqu'un, dans le public, demande :

– Quelle est la religion dominante? L'hindouisme? Le bouddhisme?

Pablo sourit. Virginia sourit. Mais c'est Pablo qui répond :

– Il faut remplacer le mythe de la religiosité indienne par la fascination pour le transistor et l'accumulation de l'argent ou la simple survie. Ce monde est partagé en deux : ceux qui mangent et ceux qui ne mangent pas, les vainqueurs et les vaincus.)

– C'était très beau de l'entendre parler, c'était un curé moderne. Il était prêtre, d'après ce qu'il disait, de la secte de l'Amour total.

Conclut Dora, et il y a un sourire ironique sur le visage de Carlos.

Carvalho regarde le portrait du roi d'Espagne accroché sur le mur du fond. Il se sent bien, assis sur une vieille chaise de bureau, quand entre dans la pièce un sergent de la Garde civile qui porte un dossier à rubans sous le bras. Le sergent, moustachu, conventionnel, engourdi, ouvre la chemise avec une lenteur centenaire et chausse ses lunettes pour feuilleter les papiers.

– *L'affaire des hippies*, tout est là. C'est comme ça que l'a appelée la presse, mais dans ce dossier il s'agit de l'« Assassinat du ménage Aguinaldo ». C'était leur nom.

– Ils étaient mariés.

– Oui, monsieur. Et à l'église.

– L'affaire a été classée?

Le sergent jette un regard critique à Carvalho par-dessus ses lunettes.

– Ici, aucune affaire n'est classée tant qu'elle n'a pas été résolue. Pour l'instant, nous pensons nous trouver devant un crime de superstition, c'est-à-dire un crime rituel. D'après nos renseignements, ils faisaient partie de la secte appelée l'Amour total. Le chef de la secte est un Italien qui vit entre Altea et Calpe, mais comme par hasard, pendant la période où le crime a été commis, il n'était pas en Espagne.

– C'est une secte qui a beaucoup d'adeptes?

– Pas mal, oui, monsieur. Je ne sais pas ce qui se passe, mais dans le monde d'aujourd'hui, où on ne respecte plus rien, il y a plus de religions que jamais.

– Et la peintre, son mari?...

– Non. Ceux-là, c'est autre chose. Ceux-là, c'est des malins, je dirais. Ils ne croient à rien. Pourvu qu'on les laisse bronzer à poil, ils n'en demandent pas plus. Ils vivent dans le coin depuis des années. Je ne sais pas de quoi ils vivent, mais ils vivent.

– C'est eux qui m'ont engagé.

– Vous verrez bien. J'ai reçu comme instruction de vous dire tout ce que je peux vous dire et de ne pas vous dire ce que je ne peux pas vous dire.

– Je vous en suis reconnaissant. Je suppose que vous avez interrogé les membres de la secte.

– Très bien supposé. Ç'a été notre première idée. D'abord, à moi-même, et après aux inspecteurs qui sont venus de Valence et de Madrid. Nous avons gardé un ami de Paolo le Hippy, un Polonais à moitié fou qui est dangereux quand il est camé. Mais nous l'avons relâché.

– Drogue?

– Le plus qu'ils peuvent. De la douce, qu'ils disent. Je leur en foutrais, de la drogue douce. Je les enverrais casser des cailloux sur les routes.

– Où est-ce que je peux trouver les gens de la secte?

– Allez au village, sur la promenade de la Mer, tous les stands de bimbeloterie sont à eux.

– Paolo le Hippy?

– Alors lui, quand il n'est pas à la discothèque *El Piyayo*, c'est qu'il fait son sermon sur la plage. C'est une Eglise à l'air libre. La Castille est grande. On leur donne un doigt et ils vous prennent le bras. Ces hippies cachent la subversion sous leur air de ne pas y toucher.

– Les hippies ont disparu presque partout dans le monde.

– Eh bien, partout sauf en Espagne. Quand on vous dit qu'on est en retard! Même pour ça. Je les foutrais sur les routes, à casser des cailloux.

Le sergent croyait sans doute dans l'investissement public et il était prêt à donner un coup d'accélérateur à l'économie espagnole grâce à la construction de routes. Telle fut la réflexion que fit Carvalho, mais le gradé ne la comprit pas, ou ne voulut pas la comprendre. Carvalho, pour lui, c'était comme un bruit qui ralentissait le processus normal de l'enquête, rumeurs de machines à écrire qu'on n'entendait même plus, questions rituelles, perspicacités acquises qui profitaient de l'absence de témoins ou de critiques exigeants. Le sergent n'était pas content d'avoir à être différent par la faute de cet intrus et il tenait ses distances.

– Ne perdez pas de temps. Il faut du temps pour ces choses-là. Il y a deux ans, on a trouvé une Allemande égorgée sur la plage. Le coin a été envahi par des journalistes et des curieux qui nous ont gênés plutôt qu'autre chose. Ils ont pressé le sujet comme un citron, après ils ont commencé à se fatiguer et une semaine plus tard, il ne restait plus personne. Il restait la Garde civile. La Garde civile reste toujours.

– Et vous avez trouvé le coupable?

– Oui. Mais ça ne nous a pas servi à grand-chose. Il ne nous a pas attendus et nous ne l'avons pas encore pris. C'est une question de temps. Ici, nous avons de la mer et du temps de reste.

Paolo le Hippy enseigne à son troupeau. C'est un homme grand, avec des cheveux et une barbe longs et noirs et une tunique safran longue jusqu'aux pieds, qu'il a nus. Les vagues meurent sur le sable comme si elles renonçaient à venir les toucher, et, devant lui, quinze ou vingt garçons et filles écoutent ses paroles.

– La méchanceté n'existe pas. La peur existe, la peur que les autres soient méchants. La bonté n'existe pas non plus. La peur, la peur de ne pas être bon existe. Il n'y a pas d'amour à être bon ou mauvais selon ce qu'on nous a enseigné. L'amour total est le renoncement à la morale conventionnelle et être dans la morale, c'est-à-dire, être dans l'amour, sans attendre d'agression ni de récompense. Disponible pour l'autre, pour soi-même, pour les autres, dans l'attente de la révélation, cet instant où Dieu s'empare des hommes par l'orgasme de la lucidité totale.

Une gamine se lève et, d'une voix tremblante, demande :

– Comment peut-on être heureux?

– Que désires-tu?

– Etre comme la mer.

– Rentre dans la mer.

Elle se lève et avance à la rencontre de la mer. Elle marche dans l'eau, elle y pénètre. Elle ne semble pas sentir la morsure du froid, elle avance jusqu'à ce que l'eau lui arrive à la taille, aux épaules, la recouvre. Il y a des regards envieux, confiants ou effrayés parmi l'assistance, seul Paolo le Hippy ne regarde pas. Il a les yeux fermés et les bras croisés sur la poitrine. L'inquiétude augmente dans l'assistance. Certains font mine de se lever et de courir porter secours à la disparue, mais quand l'un d'eux ose le faire, les yeux de Paolo s'ouvrent, féroces, et d'un bras il arrête le garçon.

– Ne dispose pas du destin de l'autre.

– Elle se noie!

– C'est toi qui te noies. Regarde.

Et les yeux voient la jeune fille émerger des eaux, marcher de nouveau vers la plage et arriver avec une expression de béatitude mouillée, même si tremble la chair sur laquelle colle sa tunique dégoulinante.

Une autre fille, une assistante de Paolo le Hippy, semble-t-il, lui couvre les épaules avec une couverture tandis que la baigneuse liturgique ne perd pas son sourire béat en dépit de son tremblement. Le groupe se met en méditation, comme Paolo le Hippy lui-même. Soudain, le prédicateur sort de sa concentration et s'en va, marchant lentement sur le sable. Il marche seul quelques instants, jusqu'à ce qu'il remarque une présence à ses côtés.

– Personne ne s'est encore noyé chez toi?

Paolo le Hippy hausse les sourcils, de la fureur se peint sur son visage et s'y congèle quand il voit qui est celui qui lui parle. Bien que l'autre se soit arrêté, Carvalho poursuit sa lente progression sur le sable, comme s'il était sûr qu'il allait le suivre. C'est bien ce que fait Paolo le Hippy.

– Nous nous connaissons?

– Bien entendu. Je n'ai pas l'habitude de tutoyer les inconnus.

– Je ne vous remets pas.

– Moi, je te remets très bien. Tu étais un des héros de nos folles nuits de Barcelone, à la fin des années soixante.

Paolo le Hippy marche à côté de Carvalho, regarde derrière lui, vers le groupe immobile en transe sur le sable, regarde à nouveau Carvalho et un sourire apparaît peu à peu sur son visage austère et finit en franc éclat de rire.

– Tu es bien le dernier que je m'attendais à rencontrer ici!

Carvalho aussi sourit.

– Tu es un sacré numéro. Quelle manière de gagner sa vie.

– Tu ne comprends pas, Pepe. Tu ne m'as jamais compris. Je gagne ma vie mais j'aide les gens. Les gens ont besoin de croire à quelque chose.

– Comme Irma ? Irma aussi avait besoin de croire à quelque chose ?

Paolo le Hippy baisse les yeux.

– Une erreur.

– Un crime parfait.

En dépit de ce que Carvalho lui a dit, le sourire ne s'efface pas sur son visage.

– Tu es comme la fourrière. Tu ramasses les chiens perdus sans collier et tu les liquides après.

– C'est ton point de vue. Qu'est-ce que tu fais par ici ?

– Pablo et Virginia.

– C'est une tragédie romantique.

– C'est un double assassinat.

– Aussi.

Une vieille maison de pêcheurs aménagée avec un excellent goût monacal. Paolo tend un plateau à Carvalho.

– Qu'est-ce que c'est que ces cochonneries ?

– Des aliments naturels. Du lait qui vient d'être trait, des dattes...

– Je passe. Je suis au régime.

Paolo hausse les épaules. Il s'assoit en tailleur et mange de ce qu'il y a sur son plateau. Carvalho est allongé par terre, sur des coussins où il ne se sent pas à l'aise.

– Il n'y a pas de chaise, dans cette maison ?

– Non. La chaise est un objet antinaturel. Elle n'est pas adaptée à l'anatomie humaine.

– Vous vous asseyez comme si nous étions venus au monde pour chier.

Carvalho examine Paolo, l'évaluant, et Paolo lui sourit.

– Paolo le Hippy, tu parles d'un nom. Pedro Ertox Corominas, licencié en sciences économiques....

– Docteur.

– Docteur en sciences économiques, fils d'un fabricant de gabardines, plus connu dans les cercles de gauche de Barcelone sous le nom de Gabardinetti...

– C'est même toi qui m'as collé ce surnom quand nous étions au Parti et que tu ne pouvais pas me voir parce que j'étais toujours tiré à quatre épingles.

– Communiste dogmatique, puis libéral dogmatique, macrobiotique dogmatique, bouddhiste dogmatique... et maintenant?...

– Survivant. Je ne suis qu'un survivant.

– Quand on m'a parlé de Paolo le Hippy, j'ai tout de suite eu le déclic et j'ai su que c'était toi. Tu te faisais déjà appeler comme ça à Barcelone, dans les dernières années de ton règne.

Paolo n'arrête pas de sourire et finit son repas au moment où entrent dans la pièce trois filles qui portent la même tunique que lui.

– Kheops, Khephren et Mykérinos... Pepe Carvalho.

– Qui vous a donné des noms de pyramides?

Les filles sont déconcertées par la question de Carvalho. Paolo les rassure.

– Ne vous inquiétez pas. C'est un homme blanc.

Les filles ne bougent pas et attendent ses instructions.

– Mes sœurs. La lune s'est levée. Méditez pendant que je finis de parler avec l'homme blanc.

Les filles sortent sur la terrasse. Carvalho s'est mis debout.

– Ton harem?

– Mes disciples. Leurs parents me les ont confiées pour que je les sorte des drogues dures. Héroïne. Elles s'en injectaient à jet continu. Maintenant, elles croient en moi et en l'amour.

– Pourquoi as-tu dit que j'étais un « homme blanc » ?

– C'est le nom que nous donnons aux incroyants. Les incroyants durs, qui refusent de voir la vérité.

– Pedro...

– Paolo...

– Tu es une ordure.

– Je suis un survivant et un rédempteur d'âmes déchues. Si je n'étais pas là, ces filles feraient le trottoir pour se piquer et leur famille vivrait un enfer, ou bien elles auraient foutu en l'air leur mariage. Je suis comme un médecin qui les garde internées dans ce coin du monde et leur fournit de l'imagination, des espoirs, la suggestion d'une autre réalité. Leur drogue, c'est moi. Une drogue douce, très douce.

Il parlait de ce qui l'entourait comme d'un monde inaccessible au drame, et, pourtant, Carvalho avait en tête les corps mutilés de Paolo et Virginia, corps imaginés, en surimpression sur ce film lénifiant et rédemptoriste qu'il lui décrivait. Le comique est une catégorie inexistante, lui avait dit un jour quelqu'un, ou bien l'avait-il lu ? Il n'y a rien sur cette terre qui ne soit dramatique d'abord et tragique au bout du compte. Le rire est toujours le camouflage d'une tête de mort, et en face de la situation idyllique que lui peignait Paolo, il y avait les visages des jeunes gens assassinés et, derrière, le visage décharné de la mort.

– Mais, dans ton paradis, la mort existe. L'Allemande égorgée il y a deux ans... maintenant Pablo et Virginia.

– La nature imite l'art.

– Qu'est-ce que tu veux dire?

– Pablo et Virginia, ça ne te dit rien?

– La littérature ne m'intéresse pas. Parle-moi des autres, de Pablo et Virginia.

– J'oubliais que tu es un privé. Vous êtes comme la police, il n'y a que les voleurs ou les assassins qui vous intéressent.

– Il ne faut rien exagérer. Normalement, nous n'enquêtons que sur des conneries interprétées par des cons, sur la demande d'un imbécile.

– C'est toi, le survivant. Je vais te parler des deux refroidis. Mais d'abord, laisse-moi les invoquer mentalement.

Et il ferma les yeux et la bouche.

– Quand Pablo et Virginia sont arrivés, j'ai tout de suite su que nous pourrions nous entendre. Ils avaient suivi un chemin semblable au mien, nous nous étions même vus à Angkor. Tu connais Angkor?

– Non.

– Quand on pouvait encore visiter le Cambodge, c'était un point de pèlerinage archéologique obligé. Pablo et Virginia portaient sur eux les stigmates des enfants de bonne famille. Je les repère tout de suite parce qu'ils sont comme moi. Ils appartenaient au décollage de la contre-culture madrilène. A Barcelone, nous étions presque tous fils de commerçants solides, à Madrid c'étaient plutôt les rejetons de fabricants de chorizo, par exemple, ou de biscuits, avec beaucoup d'argent derrière. C'était le couple classique, ils avaient peur de devenir comme leurs parents et ils essayaient chaque jour de s'inventer une réalité. Quand je les ai rencontrés, ici, j'avais déjà commencé l'Amour total et ils ont adhéré à leur manière à eux, c'est-à-dire en rigolant mais sans trop rigoler. Tu vois ce que je veux dire?

– Ils sont entrés dans le jeu?

– Voilà.

– Pour se donner des sensations?

– Pour être avec des gens.

– Et les autres? La peintre, son mari...

– Ah, laisse tomber. Ceux-là, ce sont au fond des hommes blancs qui veulent être en vacances à longueur de vie, comme les personnages de Scott Fitzgerald.

– Ils ne croient pas en toi.

– Ils ne croient qu'en leur estomac et à ce qui leur fait peur. Ils sont aussi puritains que mes parents, mais ils cherchent à toute force à se le cacher à eux-mêmes. Ils ont des boutiques d'antiquités qui tournent toutes seules à Madrid, ils sont architectes et ils ont déjà fait assez de gratte-ciel pour pouvoir vivre de leurs rentes, ils sont écrivains et vendent morceau par morceau la demi-province que leur a laissée papa, le propriétaire terrien fasciste, et ils se donnent des airs de laissés-pour-compte de la vie.

– Tu ne les portes pas dans ton cœur.

– Ni dans mon cul.

– Et eux, ils te portent où?

– Intouchable, je suis le fruit défendu. Je pourrais leur rester en travers de la gorge. Mais ils me respectent et il arrive même aux moins trouillards de jouer quelquefois.

Carvalho montre le plateau.

– Avec les dattes?

– Ça ne leur ferait pas de mal, ça les purifierait. Non. Ils jouent avec ce qu'ils supposent que je suis ou que je représente.

– Avec quoi?
– Avec la frontière de la rationalité. Avec l'ombre de la folie.
– Dora.
– Celle-là, elle saute d'un pieu dans l'autre et couche avec tout ce qui passe à sa portée. C'est une nymphomane.
– Qui a tué Pablo et Virginia?
– Celui qui a tué Kennedy.
Et Paolo le Hippy se laisse tomber sur les coussins en même temps qu'il éclate de rire.
– Oswald? Ruby? La C.I.A.? Qui a tué Kennedy, Carvalho? Tu m'as posé la seule question à laquelle je ne peux pas répondre et à laquelle je n'ai pas envie de répondre. Je ne souhaitais pas leur mort, mais je me fous de savoir qui les a tués.
Les filles reviennent selon un rythme qu'elles et Paolo connaissent seuls, une hiérarchie de retour à la maison et d'installation aux coins du monde que Paolo a construit pour elles. L'une prépare le repas. Une autre s'assoit dans la position du lotus et respire en faisant en sorte que l'air lui inonde le ventre comme si elle était enceinte, pour ensuite l'expulser comme un intrus aimablement invité à quitter la maison. La troisième a pris une guitare et poursuit une chanson qu'elle est seule à connaître. Paolo les embrasse de ses bras ouverts.
– Tu as ici une cellule sociale fondamentale parfaite sans qu'il soit besoin de la corrompre en fondant une famille. Chacune d'elles a une vie très intéressante. Luisa, raconte-lui ta vie.
Comme une geisha, complaisante, Luisa abandonna la position du lotus et chanta son histoire sans que l'orchestre ait eu à lui jouer l'ouverture.
– Mes parents sont de Gérone et de l'Opus Dei.

Ils ont beaucoup d'argent et voulaient que je me marie avec un gros bonnet de la Députation, il est à Convergence et Union, le parti de Pujol, qui contrôle les caciques du haut Ampurdan. D'abord, j'ai bien voulu, mais après, rien qu'à voir mon futur mari, j'étais déprimée et j'ai commencé avec les pétards, après tout ce qui me tombait sous la main, jusqu'à ce que je touche le fond. J'ai fait toutes les thérapies possibles et je retombais à chaque fois, et j'ai fini par arriver ici.

Paolo écoute l'histoire avec satisfaction et il intervient.

– Luisa n'est pas la seule à avoir changé. Quand ses parents viennent la voir, ils s'installent ici et chaque matin ils assistent à mes sessions physiques et psychiques de désintoxication spirituelle.

Il y a de la malice dans le regard de Paolo. De la malice faite sur mesure pour l'effarement contrôlé de Carvalho.

Il est arrêté d'abord par la formule qui trône encore sur le mur :

Vous ne ferez ni l'amour ni la guerre.

Il sort de la maison du crime et s'approche de la falaise. La présence de la mer d'hiver sous les nuages le fait frissonner, comme si un froid profond montait des eaux. Le tintement des clochettes des chèvres le fait se retourner et assister au déploiement des animaux parmi les broussailles qui entourent la maison. Le berger est là, debout, il le regarde, farouche, appuyé de tout son poids sur un haut bâton. Carvalho le salue d'un signe de tête et le berger lève un peu la main. Mais Carvalho interprète son geste comme une invitation et il s'en approche.

– Bonjour.

Le berger hoche la tête en répondant, mais il essaie de sourire et une bouche à une seule dent s'ouvre comme une caverne de silence.

– C'est vous qui avez découvert les corps.

– Oui.

– Comment vous vous appelez?

– Chanquete.

– Vous êtes très célèbre sur la côte, par ici.

– Ils disent que je suis un brave homme, mais je suis mauvais comme la gale. Ils disent que je suis un philosophe, mais je suis un imbécile.

Désarçonné, Carvalho se rattrape comme il peut en lui tendant un cigare. Les yeux du berger s'écarquillent et il arrache le cigare de la main qui le lui tend.

– Le dernier cigare que j'ai fumé, c'était le jour où ma garce de sœur a épousé mon cocu de beau-frère.

Le berger observe Carvalho tout en mettant le cigare dans sa musette.

– Je vous étonne?

– Je ne dirai pas le contraire.

– C'est à chaque fois pareil. La solitude nous rend sincères.

Il fouille dans sa musette et en sort un poste de radio.

– Vous voulez écouter les informations de deux heures?

Carvalho se demande s'il se fout de lui mais l'homme s'assoit par terre et allume l'appareil.

– On va voir s'ils le font, leur coup d'Etat, une fois pour toutes.

Il se met à écouter la radio avec une grande attention. Ils écoutent les informations et l'homme commente invariablement.

– Vous voyez. Vous voyez. Vous voyez.

Brusquement, il éteint le poste.

– Ils ne l'ont pas fait. Ils ne le feront jamais. Vous êtes d'Alicante ?

– Non.

– A Alicante, il y a des braves gens.

– Vous les connaissiez, les gens qui vivaient ici ?

– Chaque fois que je passais, je faisais un pet.

– Pourquoi ?

– Pour qu'ils sachent que j'étais passé.

Il reste pensif et soudain déclare avec gravité :

– Elle m'a montré ses tétés.

– Qui ? Virginia ?

– Non. L'autre. Celle qui peint des pastilles Valda.

– La peintre ?

– La peinturlureuse !

L'homme rit de son bon mot et montre une nouvelle fois la caverne à une dent et chante :

La chèvre s'en va dans la montagne
Où t'en vas-tu chevrette ?
La chèvre s'en va dans la montagne
Où t'en vas-tu chevrette ?

Il regarde Carvalho et laisse tomber :

– Toutes les chèvres, elles montrent leurs tétés.

Ne recevant pas de réponse, il s'enquiert :

– Ça vous dérange ?

– Non.

– Bien sûr. Parce que vous êtes d'Alicante.

Et il s'en va, satisfait.

Dora peint dans une petite crique pleine de galets. Elle a revêtu un costume digne d'une peintre sur la plage de Malibu, aussi près de Los Angeles que de l'infini. Carvalho s'approche d'elle par-derrière et le tableau lui apparaît comme une conjonction de losanges de différentes couleurs.

– Vous travaillez?

La peintre sursaute et fait un brusque demi-tour.

– C'est vous! Vous m'avez fait une de ces peurs.

Carvalho examine le tableau.

– Vous aimez?

– J'ai des goûts très conservateurs. Le dernier tableau qui m'a dit quelque chose, c'était *Le Presbytère*, de Fortuny.

– Mon garçon, ça remonte aux grottes d'Altamira.

La peintre le toise et Carvalho soutient son regard. Il le lui rend.

– L'enquête avance?

– Je n'ai encore rien trouvé. Je crois que les gens de la secte sont inoffensifs. Ils ressemblent à un congrès de vendeurs de gamelles à fermeture hermétique.

– Alors?

– Tout est possible. Un règlement de comptes, par exemple. Le couple avait assuré le quotidien de diverses manières. Ils avaient fait du trafic au cours de leurs allers-retours en Orient. Ils dealaient peut-être.

– Et la phrase : « Vous ne ferez ni l'amour ni la guerre »?

– De la littérature. Pour brouiller les pistes. Pour qu'on croie à un crime rituel.

Dora range ses affaires.

– Fini pour aujourd'hui?

– Fini.

Quand tous les instruments sont rangés, elle commence à enlever ses vêtements et se retrouve nue devant Carvalho, puis elle se dirige vers la mer. Carvalho lui crie :

– Nous sommes en novembre !

– Je sais ! répond-elle avant de plonger rapidement.

Elle nage avec vigueur, fait demi-tour et revient en nageant. Elle sort de l'eau en courant et attrape une serviette de bain jetée sur le sable. Elle s'y enveloppe en partie. Elle se frotte les cheveux, agite ses chairs avec des frictions énergiques qui lui rougissent la peau. Elle s'approche ensuite de Carvalho, à demi couverte par la serviette, et le regarde avec un sourire de défi.

– Vous aimeriez me sécher le dos ?

– Ma spécialité, c'est de sécher les dames par-devant, pas par-derrière.

Elle fait quelques pas vers lui.

– Vous êtes un bon spécialiste ?

– Un des meilleurs.

– J'aimerais vérifier.

Carvalho regarde autour de lui.

– C'est une plage très inconfortable.

Elle regarde, lève les yeux, comme si elle essayait de passer par-dessus la falaise et elle repère au loin la maison du crime accrochée sur la hauteur.

– Vous aimez les maisons qui ont une histoire ?

L'ascension du sentier escarpé qui unit la plage au sommet de la falaise rappelle à Carvalho qu'il n'est pas loin d'entrer dans ce que les sociologues appellent le troisième âge. A chaque coup de fouet de fatigue, tombe une feuille de son calendrier mental et la crudité de ses cinquante ans fige sa respiration entrecoupée. La femme a pris de l'avance sur lui et se retourne de temps en temps, en lui promettant de son sourire une récompense de mystère et de plaisir dès leur arrivée au sommet. Carvalho ne veut pas écouter le pressentiment qui lui dit qu'aussitôt arrivés en haut et entrés dans la maison, elle lui révélera son véritable visage, ses dents de loup, et le dévorera. Mais il la suit fidèlement jusqu'à l'étreinte, la nudité, la sensation de froid au-delà de la soudure des deux corps unis et désunis dans le va-et-vient des acceptations et des rejets de l'amour fait dans un espace et un temps défendus. Il se résigne à sa véhémence amoureuse mais finit par en avoir assez et la continuité de ce halètement féminin qui résonne comme un soliloque l'agace. Il ferme les yeux pour s'imaginer qu'il fait l'amour avec une femme qu'il a aimée. Il les rouvre enfin, et se laisse tomber à côté du corps qu'il a couvert. Ils ont fait l'amour devant la cheminée, sur le mur, encore, la phrase :

Vous ne ferez ni l'amour ni la guerre.

Sans bouger, ils regardent quelques minutes le plafond, la profondeur vide de la pièce, sans rien dire. Elle s'agite, cherche ses vêtements, commence à s'habiller. Il fait de même et s'approche d'une fenêtre entrouverte. Il l'ouvre en grand et dans le cadre, comme s'il avait été fait exprès pour lui, apparaît le berger qui recule d'un pas, surpris mais en même temps souriant, regardant Carvalho comme s'il était la démonstration vivante de sa folle logique.

– Vous êtes revenu d'Alicante?
– Oui, je suis revenu.
– Une fois, j'ai été à Alicante et ils ont essayé de m'avoir. Ils m'ont dit : tu es à Madrid, mais je sais qu'ils ont essayé de m'avoir.
Carvalho ferme les volets et, en se retournant, croit percevoir une certaine appréhension sur les traits de Dora.
– Ce type nous a vus. Ça t'ennuie?
– Non. Simplement, je ne peux pas le supporter. On dirait un idiot sorti d'un roman anglais du dix-neuvième siècle.
– Je n'irais pas jusque-là. C'est plutôt un idiot de zarzuela.
– Je n'ai jamais compris pourquoi, dans les zarzuelas, l'idiot a toujours l'accent aragonais.
C'est vrai, se dit Carvalho. Pourquoi la plupart des idiots qu'il y a dans les zarzuelas ont-ils l'accent aragonais? Les Aragonais devraient protester. Mais elle ne le laisse pas suivre sa pensée tranquillement. Elle tire des plans sur la comète à voix haute, lui parvenant comme un bruit qui l'empêche de réfléchir. Peu à peu, il saisit ce qu'elle raconte. C'est quoi, ce qui nous est arrivé? Une rencontre animale de plus? A notre âge, insistait Dora, les rencontres simplement animales sont bonnes pour les athlètes sexuels japonais. Si on n'investit pas dans l'illusion de l'amour, le plaisir ne suffit pas. Mais tu es de passage. Tu vas partir bientôt et tu me laisseras là, avec le sentiment que je peins toujours le même tableau. C'est ton problème, se dit Carvalho qui se souvenait avec irritation du tableau qu'il avait vu sur la plage et vivait avec indignation cette tentative d'écrire une page de littérature amoureuse sophistiquée à ses dépens.

– Chaque fois que tu fais l'amour, après tu récites le synopsis d'une thèse de doctorat?

Mais elle encaisse le sarcasme comme un gardien de but au football arrête un de ces ballons que l'avant lui envoie entre les mains.

– Chéri, j'ai surmonté depuis longtemps la fausse honte que j'avais de parler comme une héroïne de romans de Daphné du Maurier. Pendant des années, nous avons toutes parlé, ou si peu, comme Monica Vitti dans les films d'Antonioni, mais j'ai revu dernièrement *L'Eclipse* à la télé, et Antonioni, la Vitti et tout le bataclan de l'incommunicabilité, j'ai trouvé que c'était de la connerie. Maintenant, je préfère les films dans lesquels la musique prévient à l'avance de ce qu'on va voir et où les personnages parlent comme dans les pièces de théâtre anglaises qui restent vingt ans à l'affiche.

La garce, elle ne pouvait donc pas se taire, mais la patience de Carvalho allait encore connaître bien des épreuves, comme quand elle alluma une cigarette, en aspira deux bouffées et la lui tendit, y voyant une preuve de complicité physique qui lui parut, à lui, dégoûtante et obscène. Il repoussa la cigarette et grogna :

– Je ne fume que le cigare.

– J'y penserai. Ce soir, nous faisons une paella en commun à la maison. Nous t'attendons, et j'espère qu'il y aura encore un cigare dans la boîte.

Les hommes font la cuisine et les femmes bavardent, ou lisent, ou se servent à boire pendant que Carvalho regarde la télévision sur un réveil japonais. Un corps féminin vient se placer devant lui. C'est Dora.

– Vous aimez?

– Etonnant. On peut calculer à la seconde près la quantité de temps qu'on perd à regarder la télévision.

– Carlos l'a acheté au Japon. Nous y sommes allés récemment, pour une rétrospective de son œuvre. Carlos est un architecte très connu, au Japon.

Carlos entre à ce moment-là dans le living de sa propre maison.

– Qui parle de moi?

– Votre femme.

– Ah, mon Dieu. Non.

– Rien que de très objectif. Je disais que tu étais très connu au Japon.

– La paella est prête.

Ces paroles recèlent un grand pouvoir de rassemblement. Petits cris d'intérêt et de passion civilisée pour l'art de manger.

– N'apporte pas d'assiettes, Dora. Nous la mangerons à la valencienne, dit une quinquagénaire tombant en miettes.

Et le cercle se referme autour de la paella, fourchettes levées. Carlos attend d'avoir avalé une première bouchée de riz pour demander :

– Elle est bonne?

Il y a des sons gutturaux d'approbation et même une bouche pleine et ouverte qui dit :

– Merveilleueueuse.

– Vous aimez?

Il y a une certaine agressivité dans la question posée par Carlos à Carvalho.

– Je n'ai jamais rien vu qui ressemblait autant à une paella.

– Eh bien. Voilà que notre ami est platonicien. Cette paella se rapproche de l'idée de paella.

– Vous dites que je suis daltonien?

– Platonicien. De Platon, lui explique gentiment une des convives.

Mais le regard qu'échangent Carlos et Carvalho est un regard de défi, de violence contenue chez l'architecte, d'expectative amusée chez Carvalho. Dora entre en scène. Elle pose sa serviette sur la table, glisse une main sous la chemise de son mari et lui caresse la poitrine.

– Tu l'as très bien réussie, Carlos. Tu sais que la paella est aphrodisiaque pour moi. Tu veux faire l'amour avec moi. Ici? Maintenant?

Carlos semble se détendre, mais c'est une illusion qui se brise quand il donne un coup de pied à la table, fait sauter la paella en l'air, hurle comme un possédé et se contorsionne.

– Il a une attaque! crie Dora.

Deux des hommes présents se jettent sur Carlos, lui immobilisent les bras et l'un d'eux essaie de lui introduire une serviette dans la bouche.

– Attention qu'il ne se coupe pas la langue!

L'épileptique entraîne les hommes qui le tiennent et tombent par terre avec lui. Carvalho suit leurs efforts de loin, le corps collé contre le mur, bientôt il sent la présence de Dora, il la regarde, elle est décomposée, elle regarde, avec de la peur et du dégoût, les contorsions de son mari, et avec de la panique Carvalho lui-même. Je ne peux pas supporter ce que je ne comprends pas, devait-elle lui avouer plus tard, alors que Carlos dormait sous le coup de l'épuisement qui suivait la crise. Non, elle ne trouvait pas normal qu'un homme aussi cultivé, aussi mesuré, aussi rationnel que Carlos porte en lui ce mal obscur et profond. Je suis terrifiée par la folie et la maladie. Toute ma vie, j'ai essayé d'ignorer la maladie, même celle de mes parents. Quand est arrivé le temps de la décrépitude, je ne voulais plus les voir. Ce n'était pas une question d'assistance, ils pouvaient s'en payer autant qu'ils en voulaient, mais chaque fois que je les voyais, le peu de fois où je les voyais, je repartais malade. J'ai horreur de la maladie, de la douleur, de la mort. Si Dora était horrifiée, c'est à peine si les autres étaient affectés. Dès que Carlos se fut retrouvé hors jeu, les conversations reprirent leur fil et de temps en temps, avec un certain manque d'appétit, évidemment feint, les fourchettes continuèrent à explorer le riz, en quête des îlots les plus fournis et les plus appétissants. Quelqu'un va dire d'un instant à l'autre que le meilleur, c'est le riz brûlé qui reste collé au fond. Et en effet, c'est un petit homme maladif aux cheveux jaunes, une Rolex en or en pleine forme au poignet, en main une cuillère têtue à l'aide de laquelle il cherchait l'âme brûlée de cette mélasse.

– Vous n'aimez pas le brûlé du fond? C'est le meilleur.

– Tu m'as blessé l'autre jour en me parlant d'Irma. Je n'ai rien fait sans qu'elle soit d'accord, et même sans qu'elle en soit personnellement à l'origine. La nuit où elle s'est jetée par la fenêtre, c'était elle qui avait apporté la drogue, elle qui avait organisé la séance.

– C'était un coup bas, je regrette.

– Blessure vite refermée, d'ailleurs. Après, j'ai réfléchi et je me suis rendu compte que j'avais eu moins mal que je ne m'y attendais. Je suis très content. J'ai tourné la page.

– On dirait que ce coin est un concentré d'égoïstes et de fous, dit Carvalho.

Et Paolo revint sur son intention de jouer de la flûte.

– Y compris moi?

– Y compris toi. Un crime est commis et il remplit toutes les conditions du crime rituel. Il y a de l'acharnement sur les cadavres et des incisions spéciales, gratuites, preuves d'un désir de tuer forcené. Or, aux alentours, il n'y a qu'une bande de catéchumènes un peu débiles dirigés par un vieux routier comme toi.

– Merci beaucoup.

– Alors on peut penser à d'autres possibilités. Un berger avec le cerveau qui fait ding-dong, une nymphomane mariée à un épileptique et une bande de fugitifs de la terreur madrilène qui gèrent les rentes que leur rapportent des activités libérales. Un crime qui ne colle pas dans le paysage.

– Et ne colle pas avec jubilation.

– Exactement. Avec jubilation.

– D'où l'on peut déduire qu'on a voulu nous faire tourner en rond, et bien malin qui dira à quel événement passé se rattachent ces meurtres. L'Asie est une vitrine de la misère et du pittoresque pour les touristes en charter. Mais pour les trafiquants, c'est un continent sans pitié, et Pablo et Virginia avaient fait du trafic.

– De drogue?

– Pas nécessairement. Il paraît qu'à un moment ils ont trafiqué sur le rubis birman, un des trafics les plus lucratifs de cette partie du monde.

– Et qui peut tuer?

– Tout dépend de comment on le fait et contre qui on le fait. Tous ces marchés illégaux sont très codifiés, encore plus contrôlés que les vrais et celui qui fait un faux pas est perdu.

– Tu sais quelque chose de précis ou tu supposes?
– Je suppose.
Paolo médite et reçoit soudainement une mystérieuse illumination.
– Il y a un aspect que tu ignores.
– Je t'écoute.
– Je ne veux pas t'en parler. Je veux que tu voies. Si tu es d'accord pour voir. Tu veux voir?
– Quoi?
Paolo se met à rire.
– Tu vois? Si tu voulais voir, tu ne poserais pas tant de questions. On choisit après avoir vu.
– Bon. Je veux voir.
– Alors je peux faire quelque chose pour toi. Ce soir tu connaîtras le destin d'Ali Baba et il peut changer le cours de toute ta vie. Tu arrives à l'heure, tu restes caché là où je te dis et quand tout sera en place, nous crierons : « Sésame, ouvre-toi! » et avec un grand fracas se révéleront à nous les grottes où les voleurs ont caché leurs trésors.

Tous ses points de référence habituels lui manquaient : son paysage de gens, de choses et de gestes. La chambre de la pension donnait sur le petit port de Javea où la halle au poisson irradie les remises à plus tard hivernales depuis le lever du jour jusqu'au milieu de l'après-midi, quand arrive le poisson et que les mareyeurs l'entourent comme s'il s'agissait d'une seconde pêche. Pas de Biscuter, pas de Charo, pas de Bromure, pas de Fuster, pas de bureau sur les Ramblas, pas de maison à Vallvidrera, pas de cuisine, pas de bouteilles de marc glacé, sa marcothèque, dont l'accroissement était en proportionnel à la diminution de sa bibliothèque. Il ne pouvait même pas brûler de livres dans une cheminée et contempler la lente agonie des mots brûlés, luttant pour sortir du papier qui les momifiait dans une stupide promesse d'immortalité que le feu se chargeait de réduire à néant. Le jour de la paella chez Dora, pendant que les sarments flambants attendaient la mise en œuvre du plat, il avait dû se retenir d'arracher dans la bibliothèque un tome du *Dictionnaire étymologique de la langue castillane*, de Corominas. Ce qui l'avait empêché d'agir n'avait pas été un réflexe de politesse, après tout le livre n'était pas à lui, pas plus que le feu ou la maison, mais la crainte que la fumée du papier n'aille gâcher le goût de la paella. Mais que s'achève le temps de la mélancolie et il faut se rendre au rendez-vous de Paolo. Plus vite il bouclera cette affaire et plus tôt il pourra retourner à son rendez-vous avec lui-même.

Le jour a baissé sur la falaise. La maison du crime est une présence obsédante, une caractéristique du paysage que révèle la lune sur la bande de mer. Paolo le Hippy est allongé, corps contre terre, et il observe l'horizon avec des jumelles. Il y a un point lumineux dans la mer qui se rapproche de la côte. Les jumelles, dans les mains de Paolo, vont et viennent depuis l'embarcation jusqu'à la crique aux galets située au pied de la falaise. Il tend soudain les jumelles à Carvalho qui attend assis par terre, à côté de lui.

– Tu peux regarder, maintenant. Peut-être que c'est l'explication que tu cherches.

Carvalho regarde dans les jumelles. Le point lumineux est une vedette qui s'approche au plus près de la rive et de laquelle sautent deux hommes qui tirent un cordage pour s'amarrer sur les galets. Ils ne sont pas seuls. Sur la plage, il y a un groupe imprécis qui entoure le bateau et commence à prendre des paquets que quelqu'un envoie par-dessus bord.

– Contrebande?

– Tu l'as dit.

– De quoi?

– De tout. En particulier de cigarettes américaines et de whisky.

Carvalho observe à nouveau ce qui se passe sur la plage puis, laissant son jugement en suspens, il pousse un soupir et examine la maison du crime.

– Eux, là-haut, ils habitaient dans un magnifique observatoire.

– Ici, tout le monde était dans un magnifique observatoire, mais surtout eux, Pablo et Virginia. Personne ne pouvait imaginer qu'il arriverait un jour un couple de yuppies qui louerait une maison qui était comme une loge suspendue au-dessus de la scène de la contrebande.

– Yuppies?

– Tu n'es pas dans le coup. C'est le mot anglais qui désigne les anciens hippies quand ils se réadaptent à la vie des hommes blancs, ceux que mes petites et moi nous appelons les « hommes blancs ».

– Mais Pablo et Virginia continuaient à être ce qu'ils avaient toujours été.

– Les apparences sont trompeuses.

La vedette semblait pouvoir contenir la cave à vins d'un transatlantique, à en juger par la quantité de caisses que la chaîne humaine transbordait vers le sentier où l'attendait une fourgonnette insatiable.

– Si toi tu le sais, si eux le savaient, tout le monde peut le savoir. Même la Garde civile ferait mieux de ne pas jouer la comédie en prétendant qu'elle ignore la cause du crime.

Il devine le petit rire de Paolo, bien qu'il ne le voie

pas. L'obscurité fait de son compagnon un étrange gisant avec jumelles incorporées. Son immobilité et les précautions qu'il prend lui rappellent qu'ils ne sont pas en train de jouer et que l'apparente facilité et la gratuité du spectacle ont partie liée avec la barbarie de la mort.

– Mais pourquoi cet acharnement ? C'est une chose d'éliminer les témoins, c'en est une autre de s'acharner sur les cadavres, tout le rituel qui entoure ce crime.

– En effet. Il est difficile d'imaginer des contrebandiers transformés en intellectuels qui dessinent sur les murs des slogans dans le style contre-culture. Bien. Tu as vu. Qu'est-ce qu'on fait maintenant ?

– Maintenant, c'est à moi de juger. Agir ou ne pas agir, telle est la question.

– Exactement.

Carvalho réfléchit puis tape sur l'épaule de son compagnon.

– Va-t'en.

– Pourquoi ?

– Ce que je vais faire peut être dangereux et ce n'est pas pour toi. Va-t'en.

– Je n'aime pas le danger.

Paolo se lève et disparaît du côté de la montagne. Carvalho se lève, lui aussi, mais cherche le sentier qui lui permettra d'atteindre la plage. Paolo le Hippy a un étrange sourire sur les lèvres qui se fige quand il entend un bruit et reste immobile, sur ses gardes. Le sourire revient enfin, le visage détendu et une remarque :

– Ah, c'est toi.

Et quand il l'eut prononcée, à peine a-t-il eu le temps d'ouvrir les yeux et la bouche en grand pour exprimer la surprise que lui a causée le coup de couteau qu'il a reçu dans le cœur, pendant que Carvalho descendait vers la plage.

Tout en se rapprochant de la plage, il essaie de réfléchir à ce qu'il fait. J'agis de moi-même ou on me fait agir ? Qu'est-ce que je vais tirer de cette action ? Un visage, un visage connu ou reconnaissable ensuite avec l'aide de son propre regard ou avec celui de Dora et de sa tribu, en fin de compte ses clients. Peut-être le plus cohérent serait-il d'aller trouver le sergent, mais si la Garde civile a disposé de plus de cent ans d'existence et n'est toujours pas au courant de ce qui se passe sur cette plage, pourquoi serait-ce à moi de la prévenir, maintenant ? La Garde civile n'est pas mon client, et j'espère qu'elle ne le sera jamais. Sur le court espace qui le sépare encore de la naissance du sable, la pente du terrain s'accentue, ce n'est plus que du rocher usé et poli par le passage de pieds agiles. Il ne peut changer d'itinéraire pour essayer de trouver le sentier par lequel est descendue et remontera la fourgonnette, on ne sait jamais, s'il était surveillé ou éclairé par l'imprudent éclat de la lune. Mais la seule manière de couvrir les derniers mètres, c'est de trouver une base pour les pieds, de prendre son élan et de sauter sur le sable, en risquant de faire du bruit.

Il s'accroupit pour rapprocher ses yeux de la distance qu'il avait à sauter, calculant l'élan dont il avait besoin et la chance qu'il avait d'atterrir sur un terrain susceptible d'amortir sa chute. Il avait la peau excitée, mais dans l'estomac une chape en béton, le poids et la consistance de la peur. D'autre part, les voix basses des acteurs lui arrivaient clairement, l'invitaient à se mêler au spectacle, comme des voix de sirènes pourraient inciter les navigateurs à les suivre dans les abîmes marins. Ce ne sont pas des voix normales, se prévient Carvalho. Parmi ces voix, il peut y avoir celle d'un assassin. Mais Carvalho n'eut pas le loisir de penser. Une bourrade le fit avancer et, un instant, il vit la possibilité de l'abîme tandis qu'il trébuchait et cherchait quelque chose où se raccrocher. Ce ne fut pas nécessaire. Un coup de matraque sur la tête le fit plonger dans des eaux plus profondes que celles de la falaise et quand il se réveilla, il lui sembla assister à une scène de pirates qu'il aurait déjà vue dans un film. Il était par terre, et entre les allées et venues du plafond et la pièce qui tournait autour de lui, il devina un cercle d'hommes mal rasés et de mauvaise mine, certains avec des bonnets, d'autres avec des passe-montagnes qui leur cachaient les traits. Une voix mal embouchée lui demanda :

– D'où sors-tu, connard? Qu'est-ce que tu cherchais sur la plage?

– Des clovisses.

Un violent coup de pied dans les parties le fit hurler de douleur.

– File-lui sa raclée, ça lui apprendra à fouiner.

Carvalho sent qu'ils sont de nouveau dans la maison du crime et qu'il y a du monde partout, et quand il essaie de se relever, sa tête continue à tourner. Un homme entre dans la pièce et discute avec celui qui parlait pour les autres. Celui-ci fait un mouvement de la tête qui en mobilise deux autres. Les quatre hommes sortent et, une torche à la main, suivent les pas de celui qui les a prévenus. La torche s'arrête au-dessus d'un corps écroulé par terre.

– Merde! Le prophète.

Paolo le Hippy ne regarde personne, il ne regardera plus jamais personne, mais il a les yeux ouverts, le cœur ouvert, la bouche sanglante.

– J'aime pas ça du tout. On se tire, et plus vite que ça.

Le chef sort un sifflet de sa bouche et émet deux signaux. Tous les gardiens de Carvalho sortent de la maison, à vive allure, chargés des sacs du butin et ils se dispersent dans la nuit tandis que Carvalho, à l'intérieur, a réussi à se lever, il avance vers la porte comme si la porte n'était pas fixe à sa place et finalement s'écroule, les yeux révulsés. Ce seront les cris des mouettes qui le réveilleront, ou bien le bruit de la première manifestation de vie parvenu à ses oreilles, où résonnent encore les échos de la vibration du premier coup qu'il a reçu. Mais il n'y a pas seulement des mouettes dans le ciel. A mi-chemin, il y a le visage mal rasé, mais pas encore vraiment barbu, du chevrier.

– Alicante, tu es saoul? Tu es saoul, Alicante?

On dirait le perroquet de John Silver dans *L'Ile au trésor*, ou plutôt on dirait un corbeau parlant, le seul corbeau parlant qui existe.

– Si tu viens avec moi, Alicante, je te montrerai un reste de naufrage.

Va te faire mettre, imbécile, pense-t-il, tandis qu'à deux mains il se presse la tête pour essayer d'en exprimer la douleur et la crasse.

– Si mes chèvres pouvaient parler, elles me conduiraient à tous les restes de naufrage qui arrivent sur la côte. Mais celui d'aujourd'hui te plaira. Tu veux le voir?

– Je ne suis pas d'humeur à faire des excursions.

– Il n'est pas loin. On lui a troué le cœur d'un coup de couteau.

– De quoi tu me parles? De quel naufrage parles-tu?

– Suivez-moi.

Il hésite à le faire. Il retrouve la station debout et la réalité, tout ce qu'il peut percevoir comme la réalité, commence à tourner comme s'il s'agissait de le tromper sur sa situation dans le monde. Le chevrier avance avec une lenteur apitoyée envers son compagnon vacillant, mais son pas ne faiblit pas tant qu'il ne l'a pas amené au pied du cadavre de Paolo qui a attiré sur lui l'attention des mouettes, éblouies par l'appel de ses yeux bleus que la mort a transformés en morceaux de verre opaque comme la mer en hiver.

Le sergent n'est pas de bonne humeur. Carvalho le remarque bien qu'il ait la tête bandée et qu'il soit gêné dans ses mouvements par les couvertures qui le clouent dans le lit d'hôpital. Le sergent est accompagné de son éternel dossier et d'une méfiance apparemment congénitale.

– Allons bon. Vous vous réveillez enfin.

– Qui est-ce qui m'a trouvé?

– La patrouille. Tournée de routine.

– Si elle était arrivée un quart d'heure plus tôt, vous aviez votre photo dans le journal, sergent, et la grand-croix d'Isabelle la Catholique.

– Je n'ai pas besoin de croix. Que voulez-vous dire?

– Que tous les contrebandiers de la Méditerranée s'étaient donné rendez-vous là-bas.

– Si nous arrivions toujours à l'heure, il n'y aurait pas de contrebande.

– Ça aussi, c'est la vérité.

– Ce sont les contrebandiers qui vous ont frappé.

– Il n'y a pas de doute.

– Et qui a tué Paolo?

Carvalho ne comprend pas la question du premier coup, mais, lentement, l'association mort-Paolo se remplit de sens.

– Paolo a été tué? Bien sûr.

– D'un coup de couteau en traître. Et on vous a vus sortir ensemble de chez lui, il faisait déjà nuit.

– En effet. C'est Paolo qui m'a offert les billets d'orchestre pour le spectacle de contrebande. Après, il est parti et moi j'ai essayé d'arriver jusqu'à la plage pour voir qui étaient ceux qui s'agitaient là-bas.

– Si vous voulez, je vous en donnerai une liste complète et je vous les présenterai au bar de Carlet. Ils sont tous fichés. Ce que nous ne savons pas, c'est quand ils vont passer à l'action, ni avec quoi.

– Paolo le savait, lui.

– Votre ami en savait trop. Il y a des gens qui se croient plus malins que tout le monde et qui se mêlent de ce qui ne les regarde pas. Comme lui, et voilà comment on finit.

– Alors, c'est pour ça qu'ils sont partis.

Carvalho se souvient du soudain sauve-qui-peut des contrebandiers.

– Ils sont partis à toute vitesse quand quelqu'un est venu les prévenir qu'il y avait un cadavre. Maintenant, je comprends.

– Que voulez-vous dire? De qui parlez-vous?

– Des contrebandiers. Ils me tenaient, et puis ils ont disparu dans la nature.

– Peut-être que c'était parce que la patrouille venait de ce côté-là.

– Peut-être. Mais l'explication du meurtre en dépend. S'ils ont eu peur quand ils ont trouvé le cadavre, ça signifie que ce n'est pas eux qui ont tué Paolo.

– Je suis sûr que ce n'est pas eux. Les contrebandiers de par ici sont des voyous, mais ce ne sont pas des assassins. Je vous répète qu'ils se retrouvent tous au bar de Carlet et je les connais depuis des années.

– Alors, pourquoi Paolo m'a-t-il fait comprendre que le crime des deux jeunes était lié à la contrebande ?

– Absurde. C'est un règlement de comptes, religieux ou peut-être bien politique; depuis qu'on a commencé à faire de la politique, on peut s'attendre à tout.

– La politique a commencé il y a des milliers d'années.

– Vous savez très bien de quoi je parle. Bien. Je vous préviens. Vous risquez d'être le prochain. Et c'est un type qui sait ce qu'il fait. Un coup de couteau de professionnel.

– On a trouvé le couteau qui a tué Pablo et Virginia ?

– Non.

– C'est le même qui a tué Paolo, non ?

Le garde civil hésite et s'irrite de sa propre hésitation.

– Alors comme ça, il ne manquerait plus que je vous révèle le secret de l'instruction !

Il se lève et va vers la porte où il se retourne pour recommander de la voix et du doigt :

– Dès que vous allez mieux, vous rentrez chez vous. Terminé de jouer au détective.

– Je profite de votre amabilité, sergent, pour vous poser encore une question.

L'exaspération du sergent transforme son bicorne en couvercle d'une marmite en ébullition.

– Eh bien, allez-y.

– Le chevrier. Il a toujours été fou ?

– Ce n'est pas moi qui l'ai fabriqué. Il n'y a que sa mère qui pourrait vous répondre. Il est arrivé il y a deux ou trois ans et il était déjà fou.

– Il travaille à son compte?

– Oui. Les chèvres sont à lui.

– Il a acheté le troupeau ou il l'a amené avec lui?

Le garde civil est près d'exploser.

– Eh bien... Vous parlez d'une question.

Il hésite. Il réfléchit.

– En fait, je ne sais pas... Il est arrivé avec ses chèvres et je n'ai jamais eu l'idée de lui demander où il les avait prises.

– Où est-ce qu'il habite?

– Dans une cabane qui était je ne sais plus quoi avant. Mais c'est par là-bas, sur la montagne. Pas très loin de la maison du crime.

Carvalho s'approche d'une cahute construite en pleine montagne. Le soleil est à son point le plus haut et la mer luit au loin, mais avec la pesanteur hivernale d'un corps-mort. Carvalho donne quelques coups à la porte de la cahute et personne ne lui répond. La porte est presque ouverte. Il lui suffit d'introduire un doigt dans un trou pour que saute le loquet et que devant lui apparaisse un pièce unique avec une cuisine, une table rustique de salle à manger et un grabat. Carvalho fouille consciencieusement la pièce et fait chou blanc, ce qui le déçoit et l'étonne à la fois. Il murmure pour lui-même:

– Pas une photo. Pas un souvenir. Comme si ce type était un Martien.

Il sort de la maison et rôde aux alentours. Voilà la basse-cour et une petite dépendance revêtue de carreaux de faïence blancs avec les ustensiles qui servent à faire du fromage et de la crème. Carvalho pénètre dans la partie de la bergerie. Une mer de paille sale, un abreuvoir bas et usé, une fenêtre qui s'ouvre vers la mer. Carvalho se penche à la fenêtre et appuie les mains sur l'embrasure. Il remarque un contact étrange, il retire ses mains et les regarde. Elles sont noires de suie et le bois de l'embrasure a brûlé. Pas seulement le bois de l'embrasure. Egalement le sol sur lequel Carvalho a posé les pieds. Carvalho essaie de réfléchir mais il croit entendre un bruit et il s'éloigne de la fenêtre, sort de la bergerie et retourne dans la maison.

De nouveau, il se met à la fenêtre qui donne sur la mer et ses yeux refusent de prendre en compte cette carte postale marine telle qu'on l'imagine, comme s'il se souvenait d'une autre image plus succulente, plus pleine de saveurs et de sens. En effet, Carvalho croit se souvenir que, depuis la fenêtre de la bergerie, l'horizon s'étale et s'approfondit, comme si les chèvres étaient des hôtes gâtés auxquels on a réservé le plus beau panorama. Et il y retourne pour donner raison à sa mémoire visuelle ou la détromper. Elle avait raison. Vue de la fenêtre de la chambre du chevrier, la mer est un prétexte. De la fenêtre de la bergerie, la mer est un monde promis, plein de chemins, de sillages passés et futurs. Il est fasciné par le spectacle de la mer, toile où les courants se dessinent eux-mêmes, ajoutant leurs recherches de bleus aux gammes des différentes profondeurs et transparences des fonds. Il se laisse hypnotiser jusqu'à ce que, volontairement, il place entre ses yeux et les sirènes les corps de Pablo et Virginia, le témoignage d'une cruauté qui nie la poétique immobile du paysage. La mort a dépouillé la nature de toute son innocence. Sur ces pensées, il croit entendre un bruit à l'extérieur et il va jusqu'à la porte, inquiet, mais l'angle de vision qu'il a depuis la porte ouverte ne lui laisse apercevoir qu'un terre-plein de broussailles maltraitées, misérables de naissance, qui va jusqu'à la maison. Il ouvre un peu plus la porte et apparaît l'armée des chèvres, arrêtées, comme si elles attendaient l'ordre d'envahir leur propre logis. Il sort à découvert, avec une excuse toute prête pour satisfaire la curiosité du chevrier, mais celui-ci n'est pas là. Les chèvres semblent abandonnées à leur instinct de retour à la maison. Carvalho appelle, crie, rentre dans la maison, guette l'horizon, arpente les chemins alentour et finalement décide de repartir en laissant les chèvres pétrifiées, comme une sculpture de groupe. Mais au moment où il commence sa descente vers la route, il trouve en travers de son chemin la stature immobile du chevrier, les bras en croix et le regard dur d'un dieu trahi.

– Alicante, Alicante, attention à la descente.

– Bonjour, j'ai fait un tour jusqu'ici pour voir si vous aviez de la brousse fraîche.

– De la brousse fraîche? De la brousse fraîche? Je ne mange que ce que je pêche.

– Vous avez entendu les informations? Aujourd'hui non plus, il n'y a pas eu de coup d'Etat.

– Ils en feront un cet été, vous verrez.

Et le chevrier hausse les épaules.

– Moi, je m'en branle bien du coup d'Etat. Moi, j'ai été, je suis et je serai chevrier. Et vous, vous serez toujours d'Alicante.

– Si vous le dites.

Carvalho met la main au-dessus de ses yeux pour les protéger du soleil et le chevrier voit qu'elles sont noires de suie.

– Vous avez les mains sales.

Carvalho les regarde et explique, sans lever les yeux :

– Je les ai appuyées sur le bord de la fenêtre pour voir s'il y avait quelqu'un dans la bergerie, il est brûlé. Un incendie?

– Pensez-vous. Un petit feu. La lampe à pétrole qui est tombée. Je n'ai pas l'électricité.

Il a abandonné son ton exalté pour donner une explication rationnelle. Carvalho le salue d'un geste et passe à côté de lui pour continuer sa route. Au moment où il le dépasse, le berger grommelle dans sa barbe :

– Alicante, Alicante, attention à la descente.

Pour un idiot, il ne fait pas preuve d'un sentiment naturel de la poésie, mais bien sûr, cela arrive aussi à beaucoup de poètes qui ont l'air moins idiots et plus poètes.

– C'est absurde. Nous avons fait l'amour deux fois et tu me vouvoies encore.

– Non. Ce n'est pas absurde. C'est nécessaire.

– Moi aussi, je te vouvoie?

– Ce serait plus convenable.

– Bien. Comme vous voudrez. Vous avez bien baisé?

Elle porte les seins un peu tombants par un poids nécessaire et attrayant, comme s'ils étaient en attente de deux mains aimables qui les soutiendraient. Le haut de son corps émerge des draps, dans cette chambre de motel où ils se sont rendus pour la variante de l'amour sans nécessité de la maison du crime. Sans l'excitation du macabre, l'après-midi est redevenu heureux, parce que Dora a le savoir-faire du marin tanné sur toute sorte de mers et sait réveiller des tempêtes sur la mer passive de Carvalho, stimuler le désir dans son corps trop dépendant d'un cerveau méfiant ou automatisé, parce que tout mouvement, tôt ou tard, conduit à l'échec.

– C'est terminé.

– Que veux-tu ou que voulez-vous dire?

– Je ne vais plus rester très longtemps. Je pressens que je suis près de la fin. Vous bien avez failli m'avoir. Il y a quelque chose d'artificiel dans ce paysage apparemment si naturel. Pour commencer, vous avez tous l'air de figurants dans un film avec des salons et des whiskies qui se passerait sur une falaise. Même les chèvres du chevrier n'ont pas l'air vraies. Ce ne sont pas des chèvres gonflables?

– Il vaudrait peut-être mieux que vous partiez.

Dit Dora avec un certain découragement dans la voix. Pendant que Carvalho boit une gorgée du contenu d'une coupe de *cava* bon marché et demi-sec. Une véritable saloperie.

– Vous êtes ma cliente.

– Non. En fait, c'est la communauté qui vous a chargé de l'enquête. Les cinq ou six familles que nous fréquentons le plus. Nous voulions percer l'abcès. Nous sentir à nouveau détendus et tranquilles dans ce paradis. Nous ne sommes pas partis de Madrid ou de je ne sais où pour vivre dans l'angoisse. Il y en a qui parlent de partir à Lanzarote. Carlos, par exemple. Je n'irai pas. J'en ai assez.

– Il y a longtemps que vous êtes ici?

– Deux ou trois ans. En fait, ça m'a toujours fiché la flemme, d'être ici. En tout cas au début. Après, je me suis habituée.

– Vous avez été les premiers du groupe de Madrid?

– Oui.
– Pablo et Virginia sont venus après?
– Oui.
– Et Paolo le Hippy était là avant.
– Oui. Où voulez-vous en venir?
Carvalho pousse un soupir d'insatisfaction.
– Je ne sais pas. C'est vrai que vous connaissiez le Polonais qu'ils ont arrêté après l'assassinat du couple?
– Il était dans le groupe de Paolo. Ils l'ont gardé une semaine ou deux, et puis ils l'ont relâché. C'est à ce moment-là que nous avons décidé de faire appel à vous, quand nous avons vu qu'ils nageaient, qu'ils ne savaient pas où ils allaient.
Carvalho repose son verre et se lève. Dora ne se décide pas à s'habiller.
– On baise encore une fois?
Carvalho regarde ses seins.
– Non. Ça pourrait faire du mal à votre mari.
– Si vous dites ça pour l'épilepsie, je vous signale qu'il en avait déjà à l'époque où je lui étais fidèle.
Carvalho s'en va et, arrivé à la porte, il se retourne:
– Vous m'avez dit le premier jour que la mer en hiver est un verre opaque. Mais ici, elle est transparente. On voit tout à travers. Cette côte est une mine.
– Que voulez-vous dire?
– Quelle est l'opinion la plus répandue dans votre groupe sur les causes du crime?
– D'abord, nous avons cru que c'était le Polonais. Il était fou et il était amoureux de Virginia.
– Bon. Ce n'était pas le Polonais. Après, qu'avez-vous cru?
– Un des types que rameutait Paolo. Lui-même le

croyait. Quand la police l'a interrogé, il a dit qu'il ne pouvait pas répondre pour tout son troupeau.

– C'est-à-dire le crime rituel.

– On peut jouer jusqu'à un certain point, mais pas marcher au bord du précipice ou jouer à la roulette russe toute la nuit.

– Pablo et Virginia n'étaient pas des vôtres.

– Non, ils n'étaient pas des nôtres.

– Je commence à le comprendre.

Les deux gardes civils faufilent l'horizon. Pas à pas, héros d'une marche qui semble n'avoir jamais eu de commencement et ne conduire à aucun but. Carvalho compare cette impression avec ses propres émotions. Dans d'autres cas, il est déjà tombé amoureux de quelqu'un : de l'assassin ou de la victime, de l'assassin surtout quand il avait des traits de victime. Il y a des gens qui sont assassinés et d'autres qui se font assassiner. Mais cette fois, il ne sentait même pas de compassion. Rien ni personne n'était ce qu'il semblait être, même la mer dans sa réalité d'hiver, qui ne s'était pas composé encore le sourire hypocrite avec lequel elle recevrait les invités de l'été. Pablo et Virginia étaient morts ici, comme ils auraient pu mourir à n'importe quel moment d'une vie parasite. Paolo n'avait jamais été un ami, à peine un fragment de mémoire lié au passé dans lequel fatalement Carvalho avait été en rapport avec toute sorte d'acteurs du présent : ils pouvaient être ministres ou assassinés, bourreaux ou victimes. Dans l'université minoritaire des années cinquante, il était inévitable de connaître les leaders du bien et du mal de trente ans plus tard, quand la biologie pousse à monter ou à descendre les dernières marches qui conduisent au succès ou à l'échec. Aucune valeur ajoutée affective, donc, à la volonté d'accomplir une tâche que Dora venait de remettre en question.

– Nous vous payons pareil et vous partez. Ce n'est plus un jeu et ça commence à devenir dangereux. Vous ne croyez pas?

– J'essaye de finir ce que je commence. L'éthique professionnelle est la seule qui me reste.

C'est pourquoi il est monté encore une fois jusqu'à la maison du chevrier et s'est jeté à terre parce qu'il a cru entendre un courant de vie. Peut-être un clignement d'œil collectif des chèvres nerveuses ou l'errement du chevrier détectant des Alicantins aux quatre points cardinaux de la terre et de la mer. Carvalho reste allongé à courte distance de la bergerie. Il fait nuit noire et soudain, à l'intérieur, s'agite une petite lumière qui n'est pas électrique. Carvalho s'est couvert contre le froid de la nuit et tient le coup, suspendu à la survie de la lumière. Enfin, il entend le bruit d'une voiture et quelques instants plus tard une jeep s'arrête sur le terre-plein. Un homme en descend qui pénètre à l'intérieur de la maison. Carvalho s'approche avec précaution et parvient jusqu'à une fenêtre. Il voit au travers le berger discuter avec Carlos. Il y a de la préoccupation sur leur visage. Carvalho pousse la vitre pour voir si la fenêtre veut bien s'ouvrir et lui permettre d'entendre ce qu'ils disent, mais elle ne cède pas et soudain, derrière lui, résonne un aboiement strident. Le chien du berger est à quelques mètres, tendu, aboyeur, menaçant. Les deux hommes ont tourné la tête vers la fenêtre et Carvalho fait un bond qui ajoute à la colère du chien. La porte de la maison s'est ouverte et Carvalho court vers la montagne. Il n'est pas le seul. Les deux autres aussi courent. Carvalho prend un petit sentier et soudain doit freiner sa course parce que, à ses pieds, s'ouvrent le gouffre de la falaise et la promesse de la mort. Il se retourne, Carlos et le chevrier sont là qui avancent lentement. Carvalho lève une main vers l'étui qu'il porte sous l'aisselle et la laisse là. Les deux autres ont remarqué son geste et s'arrêtent.

– Ah. C'est vous. Vous nous avez fait peur. Nous avons cru que c'était un rôdeur.

– Un voleur de chèvres, par exemple.

– Allez savoir.

– Alicante, Alicante, c'est celui d'Alicante, remarque le berger, ravi.

Carvalho s'éloigne du bord de la falaise et va vers eux, mais il garde une certaine distance en arrivant à leur hauteur. Il leur montre le chemin et les invite à le précéder.

– Après vous.

Carvalho a toujours la main sous son blouson.

Les deux hommes commencent à descendre. En arrivant à la cabane du berger, il fait un geste d'adieu et essaie de les lâcher.

– Non. Non. Vous venez avec nous.

Les paroles de Carlos ont arrêté le berger dans son mouvement. Il se retourne et regarde Carvalho en souriant.

– A quoi joue ton ami, Carlos?

– Ce n'est pas mon ami.

– C'est toi qui l'as foutu là-dedans. A quoi il joue?

– Enfin vous parlez comme une personne normale. Je croyais que vous étiez idiot.

– Ne vous fiez pas aux idiots. Je répète. A quoi il joue?

– A la roulette russe, répond l'architecte avec un certain mépris.

Il y a trop de calme dans ce qu'il dit et Carvalho regarde de tous côtés, pour trouver les facteurs possibles qui rendent le mari de Dora si sûr de lui et si imperturbable. Peut-être un tic de caste. Ces gens-là ne perdent jamais même quand ils perdent, ils ne possèdent pas le langage parlé ou corporel du perdant.

– Je vous avertis que la Garde civile est prévenue et que nous allons bientôt avoir tous ensemble une réunion éclairante.

– Je viens de croiser la patrouille sur la route et les deux gardes m'ont salué comme si j'étais l'amiral du département maritime.

– Naturellement, ce n'est pas la patrouille que j'ai prévenue.

– Vous n'avez prévenu personne.

La voix a mâché le « vous » en même temps qu'elle le crachait. C'est la voix de Dora, et Carvalho trouve la femme derrière un fusil à canons sciés pointé sur lui.

– Alors comme ça, on écoute derrière les rideaux.

Soulagés, Carlos et le chevrier ont retrouvé le mouvement, libérés de leurs liens supposés, même si Carvalho comprend que Carlos se doutait que Dora n'était pas loin.

– Je suppose que vous n'allez pas faire la bêtise de m'exécuter ici. Cette côte devient sordide, avec tout ce sang. Un coup de fusil pourrait être entendu de la route et je ne vais pas me laisser tuer d'un coup de couteau, je vous le garantis.

– Vous êtes encore notre employé et, dans un certain sens, notre hôte. Vous méritez une fin confortable dans notre foyer. Montez dans la jeep et ne faites pas de bêtises.

C'est Carlos qui conduit. Le chevrier s'assoit derrière Carvalho et Dora à côté de lui, les deux canons de son fusil collés à sa pomme d'Adam et dans ses yeux la cruauté de l'animal déçu.

Dans le living de la maison de Dora, Carvalho a adopté la position de quelqu'un qui est étranger à un jeu auquel il ne peut pas être étranger. C'est le berger qui a pris la parole.

– Je suppose qu'un détective privé, ça a une déontologie.

– Vous parlez comme les gens du journal parlé. A propos, votre déguisement est très bon. Mais cette bouche si vide et horrible, c'est trop.

– J'ai été mercenaire et j'ai eu les dents cassées au Biafra. Mais j'ai un dentier qui m'a coûté cinq mille dollars à New York.

– Et le coup d'Etat, c'est pour quand?

– Très marrant. Mais ouvrez plutôt vos oreilles, je suis en train de vous offrir un moyen de vous en sortir. Les clients qui vous ont engagés ont droit au silence, au secret professionnel.

– Pas à ma complicité pour deux meurtres, quatre pour être juste.

– Je ne comprends rien à ses calculs, remarque Dora.

– Trois meurtres.

– Quatre. Sinon, dites-moi ce que vous avez fait du Polonais.

La femme et les deux autres se regardent.

– Combien de pierres vous a-t-il fallu pour qu'il soit encore au fond de la mer?

– Bien. Quatre ou cinq. Ça dépend de vous.

C'est le berger qui a joué cartes sur table.

– Ma déontologie ne me permet pas d'être le

complice de crimes en chaîne parfaitement perpétrés, et encore moins dans une guerre entre bandes de trafiquants rivales.

– Ce garçon a le cerveau qui fonctionne vite, dit le berger aux deux autres.

– Seriez-vous assez aimable pour nous dire ce que vous savez ou que vous soupçonnez?

– C'est très clair. Paolo le Hippy était le roi du lieu quand vous êtes arrivés. Je le connais, c'était un prudent. Il devait se contenter d'un trafic pépère, pour ses propres besoins, guère plus. Et voilà que vous décidez que c'est ici l'endroit idéal pour vos livraisons par mer, et que vous décidez de vous y installer, déguisés en Madrilènes qui ont réussi mais qui fuient la pollution et la civilisation moderne. Mais vous trafiquez sur une grande échelle et vous vouliez vous débarrasser de Paolo. Quand le fils et la fille à papa sont arrivés, vous avez tout de suite vu le parti que vous pouviez en tirer. Crime rituel. Paolo et sa secte impliqués. On les oblige à partir ou on les met en prison et la côte demeure libre de toute concurrence. Mais la police ne marche pas, entre autres parce que Paolo était probablement un indic et que les flics savaient qu'il n'était pas dangereux. Alors, vous m'avez engagé pour que je relance les soupçons et que je place la secte dans une situation inconfortable. Mais Paolo n'était pas bête et il me met sur la piste de la contrebande, c'est-à-dire qu'il fait en sorte que je puisse deviner ce qui se passe réellement. Vous tuez Paolo et vous commencez à devenir nerveux, au point que vous vous demandez si vous ne feriez pas mieux de changer de crémerie.

– Je ne crois pas que ce sera nécessaire, dit le berger. Vous allez descendre tenir compagnie au Polonais.

– Vous, vous êtes le côté pittoresque de l'affaire. Un berger fou et innocent qui lance des fusées depuis la fenêtre de sa bergerie les nuits où arrivent les chargements de quoi?... Vous ne me le direz pas, mais autant de morts ne peuvent couvrir qu'un trafic d'héroïne. C'est pour ça que l'appui de la fenêtre était tout brûlé. Votre jeu était dangereux, l'ami. A tant faire l'idiot, vous auriez bien pu le devenir pour de vrai.

Le berger désapprouve l'opinion de Carvalho avec un claquement des lèvres répété.

– Avant de me faire du fric dans la drogue, j'ai aussi été acteur et les rôles d'idiot étaient ma spécialité.

– D'un côté, le berger idiot, de l'autre, les intellectuels raffinés profitant de la mer en hiver, quand la mer est en verre opaque.

Il regarde Dora. Elle porte un chemisier très échancré.

– Vous m'accorderez une dernière volonté?

Ils sont déconcertés et Carvalho se lève lentement, s'approche de Dora avec un sourire aux lèvres et lui caresse les seins. Carlos fait un geste imprévu de protection indignée de la vertu de son épouse, et Carvalho la pousse contre lui, et ils tombent tous les deux par terre. Le berger s'est écarté pour ne pas être emporté dans la chute, et Carvalho saute pardessus les coussins et se jette vers la porte. Dora a attrapé son fusil et tire sur ce qui est déjà le trou laissé par la porte ouverte, occupé par l'obscurité de la nuit. Les tirs se répètent contre ce qu'ils devinent de Carvalho, qui essaie d'augmenter la distance entre lui et ses poursuivants.

– Halte!

Un cri résonne et presque dans le même temps Carvalho reçoit un coup de crosse sur la tête.

Il bouge. Ou on le bouge. La voiture avance dans le tunnel qu'ouvre le hurlement d'une sirène, un hurlement inutile sur la route solitaire. Perdre connaissance est son destin et il perd connaissance sans deviner quels visages le regardent, à qui sont les voix qui lui parlent d'étranges matières qui ne rentrent pas dans son cerveau, à nouveau étourdi par les coups. Il se réveille avec la sensation angoissante de s'être rappelé plus de mille fois que les coups sur la tête font des dégâts dans le cerveau et qu'un jour ou l'autre il touchera son crâne avec ses mains et qu'il ne trouvera plus à la place qu'une masse gélatineuse et sanglante qui ne lui servira même plus à crier. Il se voit lui-même portant dans ses mains la pulpe visqueuse et inutile, courant dans des couloirs nocturnes avec les pas alanguis d'un film au ralenti. Mais son cerveau lui sert encore à se rendre compte qu'il est dans une chambre d'hôpital, et quand il appelle, un bicorne de la Garde civile passe par la porte, en dessous un visage jeune et rustique qui l'examine avec l'asepsie avec laquelle on regarde le matériel pour faire le rapport au supérieur. Il s'assoupit à nouveau, réconforté en partie par la sécurité que lui apporte un ange gardien armé, et pris dans la contradiction de se sentir protégé par un garde réel, dans un monde où toute la force armée est une menace globale, généralisée. Il se souvient ou rêve d'un voyage avec Charo, la voiture ensablée dans la dune, l'arrivée de la Garde civile en side-car, la méfiance d'abord, l'aide impossible ensuite pour sortir la voiture et finalement l'offre de les ramener à l'hôtel, les deux gardes sur la moto, eux dans la remorque, Charo sur ses genoux. Au moment de procéder à l'installation de la jeune femme, le plus vieux des deux gardes attire l'attention de celle-ci.

– Un moment. Vous êtes bien mariés?

– Mais oui.

– Alors vous pouvez vous asseoir sur ses genoux.

Maintenant, il revient à ce qui reste de lui, pour de bon, semble-t-il. Il s'aperçoit qu'il est dans le même hôpital que la fois d'avant, qui n'est pas si lointaine. La même tête bandée. Le même sergent de la Garde civile avec le même dossier.

– Vous avez l'air d'y prendre goût. Vous devez aimer qu'on vous tape sur la tête.

– Cette fois, c'était vous.

– Encore heureux que nous soyons arrivés, sinon, vous étiez cuit. Ils sont tous en prison. Une belle équipe de salopards. Et le coup du berger, on se croirait dans un roman, non?

Le garde civil en sourit même.

– Vous allez avoir la croix d'Isabelle la Catholique.

Il fait marcher le sergent.

– Je ne veux pas de croix. Je veux qu'ils me fichent la paix. J'en ai assez qu'ils me mettent dans les journaux. Et vous, plus tôt vous partirez et mieux ce sera.

– Et le cadavre de Paolo?

– La famille l'a réclamé. Le fourgon est déjà parti. Je vous le répète. Partez. Revenez en été. Vous baigner. Mais en hiver laissez-nous vivre en paix. Laissez-nous nous reposer, grommelle le sergent en s'en allant.

Carvalho se lève du lit et s'approche de la fenêtre de laquelle il voit la mer, et il se laisse hypnotiser maintenant en toute confiance. La mer est belle. Ce sont les hommes qui la rendent laide.

La porte du bureau s'ouvre et Carvalho entre, avec sa petite valise. Biscuter sort de son coin-cuisine en s'essuyant les mains.

– Mais c'est vous, chef. Ça vous a fait du bien, ces vacances à la mer?

– Tu ne peux pas savoir.

– Nom de Dieu, chef. Qui est-ce qui vous a fait ça?

Il montre le bandage qui lui couvre encore une partie du crâne.

– D'abord les méchants et après les gentils.

– Les extrêmes se touchent, chef. Comme disait ma mère.

Carvalho se laisse tomber, fatigué et content, dans son fauteuil.

– Allez, Biscuter, qu'est-ce qu'on mange de bon, dans cette maison?

– J'ai un pageot en escabèche à se lécher les cinq doigts et le pouce, chef.

– Vin blanc frais?

– Vin blanc frais.

– C'est parti.

Déjà dans la cuisine, Biscuter demande:

– Il y avait des Suédoises sur la plage, chef? On dit que les Suédoises viennent en Espagne se baigner en hiver.

– Toutes de soixante ans et plus.

Et la petite voix de Biscuter commente:

– Ils ne savent plus quoi inventer.

Si vous désirez être régulièrement tenu au courant de nos publications, merci de bien vouloir remplir ce questionnaire et nous le retourner :

Éditions 10/18
c/o 10 Mailing
35, rue du Sergent Bauchat
75012 Paris

NOM : ______________________

PRENOM : ______________________

ADRESSE : ______________________

____

CODE POSTAL : ______________________

VILLE : ______________________

PAYS : ______________________

AGE : ______________________

PROFESSION : ______________________

TITRE de l'ouvrage dans lequel est insérée cette page :

Histoires de fantômes, n° 2648
____

IMPRIMÉ EN FRANCE PAR BRODARD ET TAUPIN
6319W - La Flèche (Sarthe)

N° d'édition : 2572
Dépôt légal : septembre 1995
Nouvelle édition : septembre 1999